눈높이에맞춘
어린이 설교집

편집부 엮음 | 삽화 이상화

영성출판사

눈높이에맞춘 **어린이 설교집**

등   록 | 제99-7호
초판발행 | 2001. 12. 30
초판5쇄 | 2014. 8. 4

편   집 | 기독문서선교원
펴낸곳 | 영성출판사
인쇄처 | 금강인쇄사

주소 | 경기도 시흥시 신천동 378-2 2층
전화 | 031-314-8226
팩스 | 031-314-8227
홈페이지 | www.cgnews.kr
총   판 | 하늘유통(031-947-7777)

ISBN 978-89-951332-3-6 (03230)

영성출판사는 하나님의 진리를 정확하게 전하고, 하나님의 빛을
밝게 조명하며, 하나님의 선한 뜻을 좇아 세상에 빛된 양서들을
보급하는 일을 하기 위해 1999년에 창립되었습니다.

눈높이에맞춘
어린이 설교집

영성출판사

머리글

　하얀 도화지와 같은 어린이의 영혼에 하나님의 말씀을 기록한다는 것은 흔히들 쉽게 생각하는 것만큼이나 어려운 일입니다.

　첫째는 하나님께서 기뻐하실 말씀일까가 고민이 되며, 둘째는 어린이들에게 재미있으면서도 감동적인 말씀일까가 고민이 되는 것입니다.

　그래서 성실하길 소원하는 많은 교사들이 어린이 설교는 부담스러워 합니다. 물론 시간 때우기 식의 불성실한 교사들에게는 별 문제가 되지 않는 일이지만….

　지금 이 시간 서점에서 이런 고민을 하며, 이 책을 뒤적이는 당신은 그런 점에서 성실한 교사임에 틀림이 없습니다.

　여기 이 작은 설교집은 그런 고민을 하며, 하나님 앞에서나 어린이 앞에서나 진실하고 성실하길 소원하는 현장 사역자들의 기도 속에서 직접 만들어졌습니다. 특히 설교 시작 2-3분 안에 어린이들의 계속 들으려는 선택의 가부가 결정된다는 사실을 중요시해서 참신하면서도 흥미있는 도입을 구성했습니다. 예화도 현실성 있으며 감동적인 예화를 선별하여 기록했습니다.

　하지만 무엇보다 심혈을 기울인 것은 싹티울 수 있는 생명의 씨앗이 들어 있는가 하는 것입니다. 너무 사람들의 흥미만을 주목하여 영적 생명력이 상실된 수많은 설교들을 들어왔기 때문입니다.

　이 작은 설교집이 그 중요한 문제를 다 해결하고 있다고 과장하여 말하지는 아니 하렵니다. 다만 하나님의 눈치를 보며, 어린이의 눈높이에 맞추려고 기도하며 애를 썼다는 사실만은 말씀드릴 수 있습니다. 세속화로 어두워 가는 이 세상에서 빛이 되기를 참으로 소원하는 사역자들의 진지한 고민 속에서 한 글자 한 글자 다듬어 졌다는 것을 말씀드립니다.

부디 인스턴트 식품에 찌든 어린이들에게 영양가 있는 생명의 말씀을 재미있게, 감동적으로 전하여 어린이들을 살찌우고, 장차 성화로 인도하여 예수님을 기쁘게 해 드리는 교사들이 되도록 노력합시다. 끝으로 처음부터 마지막 순간가지 함께 해주신 하나님께 모든 감사와 영광을 올려 드립니다.

영성출판사 박 상 태 목사

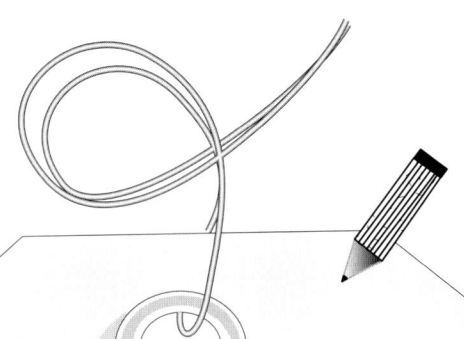

차 례

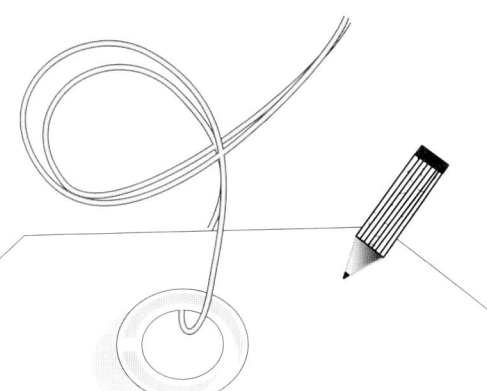

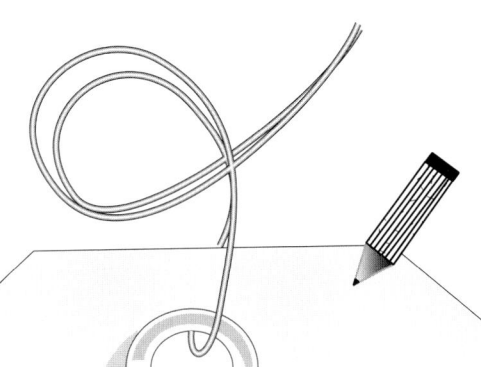

거짓말의 결과

주제: 정직

본문: 사도행전 5:1-11

아나니아라 하는 사람이 그 아내 삽비라로 더불어 소유를 팔아 그 값에서 얼마를 감추매 그 아내도 알더라 얼마를 가져다가 사도들의 발 앞에 두니 베드로가 가로되 아나니아야 어찌하여 사단이 네 마음에 가득하여 네가 성령을 속이고 땅 값 얼마를 감추었느냐 – 중략

도입

(거짓말의 결과로 일어난 일을 그림을 통해 들려준다.)

엄마: 순이야! 엄마가 좋은 옷 사왔다. 너한테 딱 맞을 것 같아. 한번 입어보렴.

순이: 엄마, 옷이 많이 헌 것 같은데요. 이거 정말 사오신 거예요?

엄마: 그래. 어서 입어보렴.

순이는 엄마가 가져 온 옷이 새 옷인 줄 알고 기분이 좋아 그 옷을 입고 학교에 갔답니다. 그런데 이게 어찌된 일이죠? 순이가 입고 온 옷을 보고 옆에 앉아 있던 길동이가 말했어요

길동: 어, 이거 우리 누나가 입던 옷인데, 야. 이거 우리 누나 옷이야.

순이: 아니야. 우리 엄마가 분명히 시장에서 샀다고 했단 말야.

길동: 아니야. 너희 엄마가 어제 우리 집에 놀러오셨다가 누나가 안 입는다고 하자, 그럼 달라고 해서 가지고 가셨어.

순간 순이의 얼굴은 빨개졌어요. 반 아이들이 다 쳐다보고 있었어요.

본론

형이 언니에게 옷을 물려받는 것이 창피한 건가요? 아니죠. 그것은 착하고 좋은 일이예요. 겸손한 것이요, 절약하는 일이지요. 하지만 거짓말이 문제인 것이에요.

여러분, 순이의 엄마가 미리 솔직하게 말했다면 이런 일은 없었을 텐데 엄마의 거짓말로 순이는 반 아이들에게 창피를 당했어요. 거짓말이 우리에게 얼마나 큰 상처를 주고, 좋지 않은 결과를 내는지 알겠죠? 성경에는 거짓말로 인해 죽음을 당한 사람이 있어요. 그가 누굴까요?

이스라엘이란 나라에 아나니아와 삽비라라는 부부가 살았어요. 그런데 하루는 교회에 가 보니까 사람들이 말씀을 듣고 은혜를 받아서 어떤 사람은 밭을 판 돈을 헌금하고, 또 어떤 사람은 소를 팔아서 하나님께 헌금하는 것이었어요. 어떤 사람은 자기의 전재산을 다 하나님께 바치는 사람도 있었어요.

이 모습을 본 아나니아와 삽비라도 땅을 팔았어요. 그리고 그 돈을 하나님께 바치려고 했어요. 그런데 땅을 팔고 받은 돈을 보자 욕심이 생기는 거예요. 그래서 그 돈의 얼마를 감추어 두고 나머지를 가지고 교회로 갔어요.

"이 돈이 땅 판 값의 전부입니까?" "저… 네, 전부입니다." 사도 베드로의 질문에 아나니아는 그 돈이 전부라고 거짓말을 했어요. 하지만 하나님께서 주신 영감으로 베드로는 이 돈이 전부가 아니고 나머지라는 것을 알았어요. 아나니아는 거짓말을 하고 만 거예요. 바로 하나님께 거짓말을 한 것이나 다름없죠.

"아나니아야. 어찌하여 사단이 네 마음에 가득하여 네가 성령을 속이고 땅 값 얼마를 감추었느냐. 어찌하여 거짓말을 하느냐. 너는 사람에게 거짓말을 한 것이 아니라 하나님께 거짓말한 것이다!"

불호령같은 베드로의 말씀이 떨어지자마자 아나니아는 곧바로 땅에 쓰러져 죽고 말았어요. 하나님께 벌을 받은 것이죠.

세시간쯤 지나자 그의 아내 삽비라가 왔어요. 그런데 그녀도 똑같은 거짓말을 하는 것이에요. 여러분, 어떻게 되었을까요? 맞아요. 삽비라도 똑같이 하나님께 거짓말한 죄로 죽음을 당하고 말았어요. 이 소식을 들은 온 교회 사람들이 모두 하나님을 두려워하였어요.

여러분 어때요? 너무 무시무시한 이야기죠. 그러나 실제로 있었던 이야기예요. 초대교회 당시에는 정말 하나님의 공의가 확실하게 나타났어요. 물론 지금은 거짓말을 했다고 죽음을 당하지는 않지만, 회개하지도 않고 계속 같은 거짓말을 반복한다면 장차 큰 형벌을 받으며 창피를 당하게 될 거예요.

우리 친구들 일상생활에서 사소한 거짓말을 하는 경우가 얼마나 많아요. 교회에 가서 헌금하라고 엄마가 500원을 주셨는데, 200원은 사 먹고, 300원만 헌금하는 것, 엄마의 심부름으로 두부를 사러 갔다가 나머지 돈을 자기 주머니에 챙기고 돈이 안 남았다고 거짓말을 하지는 않나요?

뱀은 혀가 두 개로 갈라져 있어요. 그래서 거짓을 말하는 동물로 상징하죠. 그래서 아담과 하와에게도 거짓말로 선악과를 따먹도록 유혹했잖아요. 그런데 이런 뱀과 같은 마음이 우리 속에도 있다는 사실이예요. 거짓말하고 싶은 마음, 그래서 남을 속이기도 하고 남의 물건을 훔치기도 하고, 자신이 유리창을 깼으면서도 "쟤가 그랬어요"하고 남에게 잘못을 돌리지는 않나요? 그것이 바로 거짓말이라는 사실을 알아야 해요. 거짓말은 하나님께서 가장 싫어하는 말이에요. 그러므로 우리는 절대로 거짓말을 하지 않으려고 노력해요. 혹시 "엄마 없다고 그래."라고 거짓말을 시킨다 할지라도 우리는 절대 거짓말을 하지 않으려는 노력이 필요해요.

거짓말의 반대는 정직이예요. 예수님은 우리에게 정직한 모습을 많이 보여주셨죠. 그래서 "진실로 진실로"라는 말씀을 무척 잘 하셨어요. 예수님은 빌라도의 법정에서도 "난 하나님의 아들이 아니오."하고 한마디 거짓말만 하셨으면 무시무시한 십자가에 달려 죽지 않아도 됐을텐데 끝까지 진실을 말씀하셔서 채찍을 맞고 욕을 당하고 십자가에서 돌아가셨어요.

결론

어린이 여러분, 친구나 부모님을 속일 순 있지만, 하나님은 결코 속일 수 없어요. 하나님은 우리의 모든 사실을 알고 계시고, 지금도 우리의 모습을 다 감찰하고 계신 분이랍니다. 우리가 무심코 내뱉은 한마디 거짓말로 인해 우리는 크나큰 형벌을 당할 수 있다는 것을 기억해야해요.

이 땅에서 항상 진실하셨던 예수님을 본받아 우리도 정직한 어린이가 됩시다. 그래서 하나님이 기뻐하시는 정직의 열매를 주렁주렁 맺어가는 우리 친구들이 되시기를 바랍니다.

감사드리는 이유

주제: 감사

본문: 데살로니가후서 2:13

주의 사랑하시는 형제들아 우리가 항상 너희를 위하여 마땅히 하나님께 감사할 것은 하나님이 처음부터 너희를 택하사 성령의 거룩하게 하심과 진리를 믿음으로 구원을 얻게 하심이니

도입

(감과 사과를 가지고 등장하여 그것을 아이들에게 보인다)

어린이 여러분! 넌센스 퀴즈입니다. 감과 사과를 합치면 무슨 과일이 나올까요? 벌써 눈치빠른 친구는 답을 알고 있다고 선생님께 윙크하는 친구도 있네요. 그래요. '감사'에요.

우리 친구들은 어떤 경우에 감사를 드리나요. 누가 시켜서 어쩔 수 없이 감사를 드리지는 않았나요. 그래서 오늘은 선생님과 함께 성경 말씀을 하나하나 살펴보면서 왜 하나님께 감사드려야 하는지를 알아보도록 해요.

본론

첫 번째, 우리를 택해 주신 것을 감사해야 한다고 했어요.

그 이유는 세상에는 우리가 헤아릴 수 없는 많은 사람들이 살고 있어요. 하나님께서 태초에 말씀으로 천지를 창조하신 이후 지금껏 이 땅에서 살다간 사람들이 얼마나 많을까요. 아마 상상할 수도 없이 많을거예요. 그렇게 많은 사람들 중에는 어떤 사람은 병들어 죽고 어떤 사람은 교통사고로 죽고 어떤 사람은 늙어서 죽고 어떤 사람은 칼에 맞아 죽기도 했을 거예요. 그러나 무엇보다 중요한 것은 그 많은 사람들 중 과연 몇 명의 사람이나 하나님을 알고 살았을까요. 어쩌면 수없이 많은 사람들중에 우리는 하나님 보시기에 모래알 보다도 작게 보일지도 몰라요. 그런데 그 모래알 보다도 작은 우리를 하나님이 기억하고 계시다는 사실을 아세요? 이 기가막힐 정도로 고마운 사실을 알고 있느냐는 것이에요. 그러나 놀랍게도 하나님은 지금 이 자리에 앉아 있는 우리 친구들이나 선생님을 알고 계세요. 왜? 바로 우리를 택해 주셨기 때문이지요. 바로 이것을 감사하지 않으면 무엇을 감사하겠어요.

두 번째, 성령의 거룩하게 하심을 마땅히 감사해야 한다고 했어요.

조금 전에 말씀드린 그렇게 수없이 많은 사람중에 과연 얼마나 많은 사람이 성령님의 거룩하게 해 주시는 은혜를 받았을까요. 여기에서 성령의 거룩하게 해 주신다는 것은 바로 성령님께서 우리의 마음속에 오셔서 우리의 죄를 지적해 주시고, 회개하게 하심으로 죄 용서함 받고 천국 들어갈 준비를 할 수 있도록 해 주셨다는 것이에요. 쉽게 말해서 회개 할 수 있도록 도와 주신다는 말이지요. 자! 우리 친구들 그렇다면 조금 전에 말했듯이 그렇게 많은 사람들 중에는 많은 사람들이 하나님이 아닌 다른 귀신을 섬기다 지옥에 갔다는 사실을 아나요. 우리가 성경에서도 보았지만 바알신을 섬기던 사람들도 있었어요. 그리고 사탄을 믿고 따르다가 사탄이 있는 지옥으로 들어간 사람들이 얼마나 많을까요. 우리가 만일 바알신을 섬기는 사람들을 따랐다면 아마 우리는 지옥에 가 있을 지도 몰라요. 그러나 다행히도 성령님의 도우심으로 하나님을 믿고 죄가 무엇인지를 알게 되었으니 얼마나 감사해요. 죄가 뭔지도 모르고 무당이나 섬기던 사람들은 지옥에 갔지만 죄가 무엇인가를 깨닫고 회개해서 죄용서함 받은 우리는 죄악으로 가득찬 지옥에 들어가지 않아도 된단 말이죠. 이것이 바로 우리가 감사해야 할 이유에요.

셋째, 진리를 믿음으로 구원해 주신 하나님께 감사해야 해요.

성경에 틀림없이 "영접하는 자 곧 그 이름을 믿는 자들에게는 하나님의 자녀가 되는 권세를 주셨으니(요1:12)"라고 하셨어요. 또 "하나님이 세상을 이처럼 사랑하사 …영생을 얻으리로다"(요 3:16)라고 하셨어요. 이 말씀을 볼 때 예수님을 믿으면 구원 즉 천국에 가게 해 주신다고 했어요. 따라서 "나는 길이요 진리요 생명이니"라고 하신 예수님의 말씀처럼 진리는 곧 예수님이시죠. 우리 친구들이 진리이신 예수님을 믿을 수 있는 것도 하나님의 은혜예요. 또한 그 믿음을 주시고 구원해 주신 것에 감사드려야 해요.

결론

우리가 왜 하나님께 감사를 드려야 할까요?그 이유는 하나님께서 특별한 이유도 없이 죄로 인하여 죽게 될 우리를 택하시고 성령님을 통해서 죄를 깨닫게 해 주시고, 그 깨달은 죄를 진리이신 예수님을 믿음으로 회개하고 용서함받아 구원, 즉 천국 가게 해 주시니 우리는 마땅히 하나님께 감사해야 한다는 말이에요. 우리 어린이들 입술에서 감사가 항상 넘쳐나길 바래요.

3
예수님의 겸손을 닮고 싶어요

주제: 겸손
본문: 요한복음 13:14

내가 주와 또는 선생이 되어 너희 발을 씻겼으니 너희도 서로 발을 씻기는 것이 옳으니라

도입

(수건을 허리에 차고 등장, 더러운 발 그림을 보여주며)

예수님이 사셨던 이스라엘은 먼지가 많은 나라였어요. 그래서 밖에서 집으로 들어올 때는 언제나 손과 발을 씻어야만 했어요. 더러운 손과 발을 씻겨 주는 일은 누가 했을까요? 바로 하인들처럼 낮고 천한 사람들이 하는 일이었어요. 그런데 이상하지요? (제자들의 발을 씻기시는 예수님의 그림을 제시하며) 하나님의 아들이신 예수님께서, 존경받는 선생님이신 예수님께서 그 더러운 일을 하고 계셔요. 왜냐하면 12제자들에게 아주 중요한 진리를 가르쳐 주시려고 했기 때문이에요. 그것은 바로 겸손이었어요.

본론

바로 내일이면 예수님께서는 십자가에서 죽으실거예요. 예수님께서는 제자들과의 마지막 식사를 하시면서 마음이 편하지 않으셨어요. "(한숨을 쉬며) 3년이나 가르쳤지만 아직도 부족한 것이 있구나! 오랜 여행으로 모두들 더러워진 것을 보면서도 누구하나 나서서 씻어주는 사람이 없다니…" 식사를 마치신 예수님께서는 겉옷을 벗으셨어요. 허리에 수건을 묶고 대야에 물을 담아 제자들의 발을 씻기기 시작하셨어요. 그제야 제자들은 겸손하지 못했던 자신들의 교만을 알게 되었어요. "내가 선생으로서 너희 발을 씻겼으니 너희들도 서로 발을 씻겨 주는 것이 옳으니라. 이제부터는 겸손한 마음으로 먼저 섬기는 자가 되어라." 이처럼 겸손한 예수님의 가르침은 제자들의 마음속에 깊이 새겨졌어요.

그날 밤 예수님은 나쁜 사람들에게 잡히시고 다음날 십자가에 못 박혀 돌아가셨어요. 하나님의 아들이 가장 나쁜 죄인들이 달리는 십자가에 못 박히신 모습을 보세요(십자가에 달리신 예수님의 그림을 보여준다). 예수님은 끝까지 겸손하셨어요. 아무 죄도 없으시면서 억울한 욕을 들어도 아무말도 하지 않으셨어요. 어떤 사람이 침을 뱉고 옷을 벗기며 놀리고 괴롭혀도 그 사람한테 눈 한번 흘기지 않으셨어요. 오히려 두 손과 발에서 피가 뚝뚝 흐르고 살이 찢어지는 고통 중에서도 "하나님 아버지 저 사람들을 용서해 주세요. 자기가 무슨 일을 하는지 몰라서 그래요." 하시며 기도해 주셨어요. 우리들은 어떤가요. 친구가 별명을 부르며 놀리면 화를 내며 "쟤가 저한테 ○○라고 놀려요."하며 선생님께 이르기 위해 달려가곤 해요. 잘못이 없을 때 꾸중을 들으면 억울해서 마음속으로라도 욕을 해대는 것이 우리들이에요. 어떤 친구가 나보다 무엇을 잘하는 것 같으면 "에이 얼굴도 못생긴 게…"하며 미워하지는 않았나요? 우리들은 겸손한 예수님과는 너무나 틀린 모습으로 살아가고 있어요. 그런데 겸손하신 예수님을 꼭 닮은 분이 있었어요.

예화

가난한 농부의 아들로 태어나 집안 일을 도우느라 뒤늦게 신학공부를 한 비안네라는 분이에요. 신학교를 다니던 중 17살 때의 일이였죠. 그 당시 목회자가 되기 위해서는 아주 많은 공부를 해야 했어요. 특히 라틴어라는 것은 굉장히 복잡하고 외울 것이 많아서 매우 힘들었어요. 기억력이 나쁜 비안네는 라틴어 점수는 거의 빵점이었어요. 외워도 금방 잊어버리니까요. 어느 날 비안네는 12살

된 어린 학생에게 라틴어 번역을 배우고 있었어요. 가르쳐주어도 계속 잊어버리는 비안네에게 그 아이는 화가 났어요. "찰싹" 결국 비안네의 뺨을 때리고 말았어요. 5살이나 나이가 많고 힘도 세었기 때문에 때리자면 얼마든지 때릴 수 있었을 거예요. 그러나 비안네는 꾹 참는 것이었어요. 그리고는 무릎을 꿇고 "마티아 로라스 정말 미안하다. 그렇지만 네가 나를 도와주지 않는다면 나는 라틴어를 공부할 수 없을거야. 제발 도와줘." 마티아 로라스는 겸손한 그 모습에 깜짝 놀라 비안네에게 안기며 말했어요. "형, 내가 잘못했어. 이제부터 화내지 않고 잘 가르쳐줄게." 그때부터 둘은 아주 친한 친구가 되었어요. 비안네의 겸손한 모습을 통해 마티아 로라스도 매우 겸손한 사람이 되어 많은 사람의 존경을 받았다고 해요.

결론

"내가 주와 또는 선생이 되어 너의 발을 씻겼으니 너희도 서로 발을 씻기는 것이 옳으니라"(요13:14). 예수님은 겸손을 가르쳐주셨어요. 이제 우리는 예수님을 본받아야 합니다. 예수님의 겸손한 말, 예수님의 겸손한 행동을 우리도 닮아야 해요. 누구든지 어린아이처럼 자기를 낮추는 사람은 천국에서도 큰 자라 했어요(마18:4). 비안네처럼 생활 속에서 부모님께, 선생님께 그리고 친구들에게 겸손한 말과 행동을 실천하길 바랍니다.

끝까지 참을래요

주제: 오래참음

본문: 마태복음 5:40-41

또 너를 송사하여 속옷을 가지고자 하는 자에게 겉옷까지도 가지게 하며 또 누구든지 너로 억지로 오리를 가게 하거든 그 사람과 십리를 동행하고

도입

(교사가 여러 개의 옷을 입고 나온다. 이때 다른 한 사람이 등장하여 옷을 하나씩 벗겨서 가져간다.)

어린이 여러분! 내가 갖고 있는 장난감, 인형, 머리띠, 게임기 등을 하나둘씩 빼앗아가고 내가 하는 일을 누군가가 방해할 때 우리의 기분은 어떠했나요? "너 왜 그러니? 이건 내꺼란 말이야. 빨리 줘." 화가 나서 싸우기도 하고 혹은 씩씩거리면서 울어 본 어린이는 손을 들어보세요. 그러면 오늘 성경 속에 나오는 이삭은 이러한 경우 어떻게 했을까요. 궁금하지요?

본론

이삭이 블레셋 사람들이 있는 땅에서 살 때였어요. 착하고 부지런한 이삭은 하나님께서 보살펴주셔서 잘 살았어요. 이를 본 블레셋 사람들은 심술이 났어요. "자, 이삭이 파 놓은 우물을 흙으로 덮어 버리자." 그들은 이삭을 골려 주려고 우물을 흙으로 덮어 버렸어요. 이럴 때 어린이 여러분은 어떻게 하겠어요? 싸우겠어요? 착한 이삭은 그러지 않았어요. "영치기 영차, 헉헉헉!" 다시 땀을 뻘뻘 흘리며 우물을 팠어요. 당시에는 마실물이 우물물밖에 없었으므로 우물은 참 소중했답니다. 이삭은 또 열심히 우물을 팠어요. 그런데 이게 웬 일일까요. 새 우물을 파놓자 마자 블레셋 사람들이 몰려와서 우물을 내 놓으라고 떼를 쓰는 것이었어요. 그 때에도 이삭은 싸우지 않고 참아주며 열심히 또 다른 우물을 팠어요. "휴우! 땀이 비오듯 하네. 조금만 더 파면되니까 힘을 내자." 아! 이를 어쩌면 좋아요. 블레셋 사람들이 또 몰려와서 우물을 뺏아가갔답니다. 정말 참기 힘들었어요. 어린이 여러분! 생각해 보세요. 더운날에 우물파기가 얼마나 힘들겠어요? 그러나 이삭은 싸우지 않았어요.

"당신들이 그 우물을 가지세요. 우리는 또 다른 우물을 파지요."라고 말하며, 또 다른 우물을 팠어요. 이제 블레셋 사람들도 더 이상 싸움을 걸지 않았어요. 이삭은 그 우물을 르호봇(장소가 넓음)이라고 이름을 지었답니다. 블레셋 사람들은 이삭이 자신들과 다투지 않고 끝까지 참는 것에 감동을 받았어요. "이삭, 당신은 정말 하나님이 함께 하는 사람임을 우리가 분명히 보았습니다." 여러분도 이삭과 같이 착하고 너그러운 마음을 가지고 싶지 않나요? 친구가 심술 부리며, 싸움을 걸어도 화내지 않고 끝까지 참아 주어야 해요.

결론

"속옷을 달라고 하는 사람에게 겉옷까지 주고, 오리를 가자고 하는 자에게 십리를 함께 가고"(40-41). 로마병정들이 예수님의 옷을 모두 벗겼지만 결코 예수님은 화를 내지 않으셨어요. 모든 부끄러움과 고통을 참으셨어요. 힘이 들어도 끝까지 참으셨어요. "내가 소중히 여기는 것을 빼앗아가도 짜증이나 화를 내지 않겠어요. 끝까지 참을래요." 잠시 잠깐은 참을 수 있어요. 하지만 매일매일 끝까지 참기는 정말로 어려워요. 예수님을 생각하며 우리도 매일매일 끝까지 참을 수 있는 힘을 달라고 기도드려요. 그래서 하나님이 우리와 함께 하심을 이웃들에게 분명히 드러내는 여러분들이 되시길 바래요.

내게 있는 병

주제: 죄

본문: 요한복음 5:5-15

예수께서 그 누운 것을 보시고 병이 벌써 오랜 줄 아시고 이르시되 네가 낫고자 하느냐 - 중략

도입

어린이 여러분! 선생님이 여러분에게 할 얘기가 있어요(심각한 표정으로). 이 사실은 선생님 가족들도 모르는 사실이예요. 여러분, 너무 놀라거나 슬퍼하지 마세요. 선생님이 병원에 가서 진단을 받았는데 '간암'으로 병명이 나왔어요. 이제 2개월밖에 더 살수 없데요. 그동안 여러분들과 함께 있어서 행복했어요.

(아이들 놀라는 표정). 그런데 어린이 여러분! 너무 놀라지 마세요. 실은 선생님이 한번 상상해 본거예요.

하지만 이 보다 더 심각한 병을 가지고 있는 사람이 있어요. 과연 누구일까요?

자! 여러분 이제 저는 이 자리에 모인 우리 친구들에게 성경에 나와있는 진리의 말씀을 전하면서 지금까지 우리가 알지 못했던 병! 우리를 죽음에까지 이르게 하는 아주 무서운 병이 있다는 것을 알려 주려고 해요. 이제부터 정신을 똑바로 차리고 혹시 나는 이 무서운 병에 걸리지는 않았는지 스스로 진찰해 보기 바래요.

본론

베데스다라는 연못가에 38년동안 병에 걸려서 혼자 걷지도 못하고 움직이지도 못하는 사람이 있었어요. 그 사람은 38년이라는 기나긴 세월을 수없이 많은 고통을 당하면서 가고싶은 곳도 가지 못하고, 하고싶은 일도 못하고 매일매일 누워서 살아야만했어요.

그러던 어느 날 동네 사람들의 도움을 받아 베데스다라는 연못에 나와서 오늘도 병 낫기를 기다리고 있었어요. 이 베데스다 연못은 가끔 천사가 와서 물을 휘저어 놓고 가는데 그 천사가 물을 휘저었을 때, 병자 중에서 제일먼저 그 물 속에 들어가는 사람은 무슨 병이든지 나았어요. 그래서 그 38년 된 병자도 그때를 간절히 기다리고 있었어요. 하지만 움직이지 못했기 때문에 그는 천사가 물을 휘젓고 가도 스스로 들어가지 못했어요. 정말 안타까운 노릇이죠. 병자는 너무 슬펐어요. 그는 눈물을 흘리며 이대로 살다가 죽을지도 모르는 자기의 삶을 생각하며 하루하루를 보내고 있었어요.

그때 그 38년 된 병자 앞으로 한걸음, 두걸음 다가오는 사람이 있었어요. 누구였을까요? 그래요. 예수님이셨어요.

"오, 불쌍한 병자여 그 병에서 낫기를 원하오?" 병자는 얼른 말했어요.

"예, 당신이 누구신지는 모르나 저를 도와주십시오. 제발 이 병에서 낫게 해주세요." 예수님은 온유하고 사랑이 가득한 미소를 지으시며 말했어요. "일어나시오. 그리고 당신의 누웠던 자리를 들고 걸어가시오!" 그때 기적이 일어났어요. 갑자기 병자는 자기 몸이 이상하다는 걸 느꼈어요.

"어, 이상하다 내가 움직일 수 있네. 어, 내가 걸을 수 있어. 내가 걷는다! 내가 걸을 수 있어!"

그는 너무도 기쁜 나머지 소리치며 뛰었어요. 잠시 후 정신을 차리고 예수님을 찾았지만 예수님은 벌써 그 자리에 없었어요. 그러나 시간이 흘러 병자는 다시 예수님을 만날 수 있었어요. "아니, 저분은 내 병을 고쳐 주신 예수님이다.

예수님!" 그 사람은 너무도 반가워서 예수님께 달려갔어요. "보십시오. 이제 당신이 다 나았으니 이제 더 심한 병에 걸리지 않도록 죄를 짓지 마십시오." 어린이 여러분! 무엇을 짓지 말라고요? 바로 죄를 짓지 말라고 예수님은 말씀하신 거예요.

38년 동안 병에 시달린 사람은 바로 죄 때문에 병에 시달려야 했다는 걸 알려주신 말씀이예요. 다시말해서 38년 된 병자가 가지고 있던 병은 곧 '죄'라는 병이였죠.

그렇다면 우리는 죄를 짓지 않나요? 화 잘내는 죄, 욕 잘하는 죄, 교회에 나오기 싫어하는 죄, 부모님 말씀 안 듣는 죄, 잘난척하는 죄, 친구의 물건을 훔치는 죄, 거짓말하는 죄, 기도 하지 않는 죄, 게으름 피우고 짜증내는 죄, 욕심부리는 죄, 남이 잘되는 것을 싫어하는 죄 등등 이런 것들은 모두가 우리가 가지고 있는 영혼의 병이랍니다. "선생님, 저는 그럼 많은 병에 걸렸어요!"하고 말할 친구도 있죠? 그래요. 우리는 이렇게 수없이 많은 병을 가지고 있어요. 그런데 "나는 아무 병에도 안 걸렸어요."하는 친구가 있나요? 그렇다면 지금 조용히 가슴에 손을 얹고 눈을 감고, 자기의 마음을 진찰해 보세요. '나에게는 어떤 병이 있을까?' 병이 찾아졌나요? 그렇다면 그 병을 가지고 우리도 38년 된 병자처럼 예수님을 만나러 가는 거예요. 그리고 예수님께 제 병을 고쳐 달라고 이야기해요. 이 '죄'라는 병을 고쳐주실 수 있는 분은 오직 예수님뿐이기 때문이죠. 만약 우리가 그 병을 예수님께로 가지고 가지 않는다면 우리는 곧 죽고 말거예요. 이것은 지옥불에 들어가서 엄청난 고통을 당한다는 사실이예요. 영원히.

결론

우리모두 결단하겠어요. 두손을 모으고 무릎을 꿇으세요. 그리고 조용히 눈을 감겠어요. 선생님을 따라서 기도합니다. (선생님 선창, 아이들 후창) "예수님, 저는 못된 병에 걸렸습니다. 친구를 미워하고, 엄마에게 욕하고 짜증내고, 도둑질하고 기도하지 않는 무서운 병에 걸렸어요. 예수님! 저를 치료해 주세요. 이제 다시는 교회 결석 안하고 매일매일 회개기도하면서 착하게 살겠어요. 예수님 도와주세요." 조용히 눈을 뜨세요. 이제 우리 마음속에 있는 병들은 예수님께서 치료해 주셨어요. 예수님의 깨끗한 보혈이 더러운 죄를 씻어주셨지요. 하지만 집에 돌아가서도 우리가 꼭 기억해야 할 말씀이 있어요. 바로 예수님의 말씀이에요. "보십시오. 이제 당신이 다 나았으니 이제 더 심한 병에 걸리지 않기 위해 죄를 짓지 마십시오." 이 말씀을 늘 기억하여 죄를 짓지 않기 위해 노력하는 우리 모두가 되시기를 바랍니다.

6
두 가지 옷

주제: 믿음과 행함

본문: 요한계시록 3:5

이기는 자는 이와 같이 흰옷을 입을 것이요 내가 그 이름을 생명책에서 반드시 흐리지 아니하고 그 이름을 내 아버지 앞과 그 천사들 앞에서 시인하리라

도입

(여러가지 옷의 그림을 보여준다) 어린이 여러분, 이 옷은 누가 입는 옷일까요?-소방복, 수영복, 의사복, 잠옷, 죄수복, 발레복-그림을 하나씩 보여주며 답을 듣는다.

이처럼 사람은 어느 곳에 가든지 입는 옷이 있어요. 의사 선생님은 의사복, 불을 끄는 소방관 아저씨는 빨간 소방복, 수영할 때는 수영복, 잠잘 때는 잠옷을 입죠. 선수들은 운동복을 입어요. 1년전에 선생님이 어린이들과 함께 실내 수영장에 갔었는데 실내 수영장에서는 수영복이나 수영모자를 쓰지 않으면 절대 물 속에 들어가지 못하게 하는 것이었어요. 그래서 안타깝게 물 속에 들어가지 못한 친구가 있었죠.

본론

오늘 우리가 읽은 성경에도 어떤 옷에 대해 나와 있어요. 이 옷은 예수님께서 우리에게 입으라고 하는 옷이에요. 어떤 옷인지 요한계시록 3장 5절을 다시 한 번 크게 읽어볼까요?

잘 읽어주었어요. 그래요. 성경에 보니까 우리 모두가 흰옷을 입어야 한다고

말씀하고 있어요. 그럼 흰옷은 도대체 어떤 옷일까요?(흰옷 그림)

흰옷은 천국에서 입는 옷이예요. 흰옷을 입지 않은 사람은 천국에서 살수가 없어요. 그럼 어떻게 하면 흰옷을 입을 수 있을까요. 자 함께 따라서 읽어보아요. "믿음으로"('믿음으로'라는 글자가 적힌 반쪽 하트를 보여준다.)

흰옷을 입을 수 있는 방법은 예수님을 믿는 믿음이에요. 예수님께서 우리를 위해 가난한 베들레헴 마굿간에 태어나시고, 33세에 십자가에서 돌아가셨어요. 그리고 3일만에 부활하셨죠. 그러므로 우리는 하나님 나라에 갈 수 있는 길이 열렸어요. 바로 이것을 믿는 믿음, 이 믿음이 있어야만 흰옷을 입을 수 있어요. 믿음을 갖기 위해선 교회에 열심히 나와야 해요. 교회에는 나오지 않으면서 "난 하나님 믿어!"라고 한다면 그 친구는 큰 실수를 하는 거예요. 교회에 나와야만 하나님의 말씀을 듣고 믿음이 자라고 또 날마다 짓는 죄에 대해 깨닫고 회개하여 용서함받을 수 있는 거예요. "친구야 교회가자" 하는데 "난 교회가기 싫어" 하는 친구는 바로 "난 천국가기 싫어"하는 것이나 마찬가지라는 걸 우리 친구들을 알고 있나요?

이 흰옷 입은 사람들을 천국에서는 천사님도 부러워한다고 성경에는 기록되어 있어요.

그런데 천국에서 입는 옷이 또 하나 있어요. 그것은 세마포 옷이에요.(그림자료) 이 옷의 특징은 무엇인가요? 그래요. 빛이 번쩍번쩍 나는 거예요. 세마포 옷은 바로 빛이 나는 옷이랍니다. 세마포 옷은 흰옷 위에 입는 옷이에요. 이 옷 또한 천국에서 입는 옷인데 어떻게 입을 수 있을까요? 계시록 19장 8절에서 세마포는 성도들의 옳은 행실이라고 하였어요. 큰 소리로 따라해 보세요 "행함으로!"('행함으로'라고 적힌 반쪽 하트를 보여준다.)

행함이란 하나님이 기뻐하시는 일들을 한다는 뜻이에요. 그것은 무엇이 있을까요? 회개, 찬송, 성경읽기, 예배 드리기, 신발 정리하기, 동생 돌보기, 방 청소하기, 전도하기, 사랑실천하기 등등 그밖에도 하나님이 좋아하는 일들은 너무나 많아요.

예화

한○○목사님이라는 분이 계셨어요. 이분은 직접 천국을 보고 오신 분인데 천국에서 이상한 곳을 보았다고 해요. 그곳은 천사들이 어떤 옷을 만들고 있는 곳이었는데, 이 땅에서 하나님의 뜻대로 착한 행실을 한 사람들의 옷이었어요. 예를 들어 우리 민지가 친구들을 전도해서 함께 교회에 가고 있다면 민지의 착한 행실로 인해 민지의 세마포 옷이 "치지직 칙칙 치익"하며 만들어지더라는 거예요. 그리고 그 옷은 빛이 나는 옷이었어요. 이것은 바로 행한대로 상주시는 세마포 옷을 뜻해요. 한 목사님 외에도 천국에 사는 사람들의 몸에서 빛이 나고 있다는 것을 간증하는 분들이 많아요. 이것은 성경말씀처럼 성도들의 행실로 입는 옷이라는 것을 말해주죠.

어떤 친구는 예수님을 믿으면서도 싸움 잘하고 욕하고, 나쁜 행동을 하는 친구가 있어요. 그런 친구는 계속 그런 행동을 한다면 마귀에게 믿음조차 빼앗기고 말거예요.

결론

이제 우리 친구들, 두가지 옷에 대해 배웠죠. (믿음과 행함이 적힌 각각의 반쪽자리 하트를 붙여서 완성된 하트를 보여준다.) 이 옷들은 모두 천국에서 입는 옷인데, 예수님을 믿는 믿음과 그 믿음으로 나타나는 착한 행실들을 통하여 입혀주시는 옷이라고 배웠어요.

어린이 여러분, 우리는 아직 이 옷들을 다 입지 못했어요. 하지만 꾸준히 또 열심히 예수님을 믿고, 착한 일을 할 때 빨리 이 옷을 입게 될 거예요. 선생님은 궁금해요. 누가 이 옷을 먼저 입게 될지. 이 옷을 빨리 입고 싶은 친구 손들어 볼까요?(반응) 그래요. 믿음대로 다 이루어지기를 예수님의 이름으로 기도합니다. 아멘.

내 이웃을 내몸과 같이

주제: 이웃 사랑

본문: 마태복음 22:39

둘째는 그와 같으니 네 이웃을 네 몸과 같이 사랑하라 하셨으니

도입

모든 사람은 하나님의 모습을 닮은 귀중한 존재입니다. 전 세계의 모든 사람들은 인종, 민족, 피부색, 문화, 언어에 관계없이 귀중한 사람들입니다. 어느 날 예수님께서 길을 가고 있었어요. (선한 사마리아 인을 역할극으로 재연한다.)

나오는 이: 강도, 강도만난 이웃, 대제사장, 레위인, 선한 사마리아인

본론

여러분 잘 보았나요? 예수님은 이웃을 사랑하고 자비를 베푸는 것이 무엇인지 우리에게 자세히 가르쳐 주셨어요. 이웃을 사랑하는 사람은 첫째, 자기의 유익을 구하지 않고, 둘째, 대가를 바라지 않고, 셋째, 이웃을 위해 자신의 것을 내어줄 수 있는 사람이에요. 그러므로 예수님께서는 오늘 성경말씀과 같이 이웃을 (한 아이의 이름을 지목하여) 내 자신과 같이 사랑하라는 거예요.

우리 친구들 그렇게 할 수 있나요?

예화

(그림자료 준비)

인도의 성자, 썬다 싱은 예수님을 믿고난 후, 어느 날 한 여행자와 함께 히말

라야 산맥을 넘고 있었어요. 히말라야 산맥은 힘하고 눈이 많이 쌓여있기 때문에 사람들이 별로 다니지도 않고 가다가 잘못하면 얼어죽기 쉬운 곳이었어요.

그런데 얼마쯤 가다보니 눈길에 사람이 쓰러져 있었어요. 가슴을 만져보니 아직 심장이 뛰고 있었어요. 그냥 두면 곧 얼어죽을 수밖에 없는 사람이었어요.

썬다싱은 그 사람을 업고 가야 하겠는데 혼자 업기에는 힘겨웠어요.

"여보세요! 여기 사람이 쓰러져 죽어가고 있는데 그냥 두면 얼어죽을 것 같습니다. 우리 같이 부축해서 가도록 합시다." 함께 동행하던 여행자는 입을 삐죽거리면서 말했어요. "미쳤소! 그런소리 마시오. 혼자 걸어가기도 힘겨워 죽을 판인데 그런 사람을 데리고 가다니, 나는 모르겠소!"

썬다는 너무나 딱해서 몇 차례 애걸을 했지만 소용없었어요.

"아무리 힘이 들더라도 같이 살아야 되지 않습니까? 이 산 속에서 사람이 죽어가는 걸 보고 그냥 지나칠 수 있습니까?"

"나는 모를 일이오. 내 한 몸도 힘들어 죽을 판인데…할려면 당신이나 하시오."

그 사람은 그냥 가버렸어요. 썬다는 할 수없이 혼자 쓰러져 있는 나그네를 등에 업고 아주 힘겹게 눈길을 걸어갔어요. 앞길은 막막하고 사람의 모습도 보이지 않고 눈에 덮인 산길은 분간할 수가 없을 정도였어요. 그런데도 썬다는 계속 걸어갔어요. 얼마쯤 가는데 썬다의 몸에 땀이 흐르기 시작했어요. 갑자기 등에 업힌 사람이 몸을 뒤틀더니 "여보세요. 저를 내려주세요."하고 말하는 것이었어요. 등에 업힌 사람이 썬다의 뜨거운 체온에 몸이 녹은 것이었어요. "살아났구려!" 썬다는 반가운 소리로 말했어요. 두 사람은 기쁜 마음으로 이야기하며 길을 걸었어요. 그런데 몇 미터 못가서 길에 또 한 사람이 쓰러져 있었어요. 온몸이 차갑게 식은걸 보니 분명 얼어죽은 사람이었어요. 불쌍한 마음으로 얼굴을 자세히 보니 아니 누굴까요?

혼자 살겠다고 그냥 떠나버린 그 여행자였어요.

결론

사랑하는 우리 친구들!

이웃을 사랑한다는 것은 예수님께서 말씀하신 것처럼, "네 마음을 다하고 정성을 다하여 사랑하는 것"이에요. 맛있는 음식이 있으면 함께 나누고, 욕심부리는 것이 아니라 좋은 것은 나눌 줄 아는 마음, 친구가 어려움이 있으면 함께 기도하고 사랑을 실천할 수 있는 마음, 이런 마음을 하나님은 무척 기뻐하세요. 우리 친구들도 착한 사마리아 사람처럼, 썬다싱처럼, 내 이웃을 내 몸같이 사랑하는 어린이가 되시길 바랍니다.

8

목숨도 아깝지 않아요

주제: 전도

본문: 사도행전 20:24

나의 달려갈 길과 주 예수께 받은 사명 곧 하나님의 은혜의 복음 증거하는 일을 마치려 함에는 나의 생명을 조금도 귀한 것으로 여기지 아니하노라

도입

준비물: 머리띠, 바톤, 가슴에 달 번호판

(교사가 뛰어나오면서 픽 쓰러지는 장면 연출)

"헉헉! 어휴 힘들어. 굉장히 먼 거리를 달려왔더니만 다리도 아프고 숨이 차네요."

어린이 여러분! 우리나라에서 마라톤하면 누가 떠오르세요? (황영조, 이봉주) 그러면 마라톤이 어떻게 생겨났는지 그 유래를 아는 친구 있나요? (아이들)

고대 마라톤 평야에서 아테네 군대와 페르시아 군대가 서로 싸우게 되었어요. 치열한 싸움 끝에 아테네가 승리하게 되었지요. 그때 한 병사가 이 기쁜 소식을 아테네 시민에게 알리기 위해 힘을 다해 달리기 시작했어요. 물도 마시지 않았어요. 옆도 돌아보지 않았어요. 잠시도 쉬지 않고 달리고 또 달렸어요. "헉- 헉-" 드디어 도착한 그는 크게 외쳤어요. "우리가 이겼습니다." "그런데 이게 어떻게 된 일일까요?" (발을 동동 구르며) 그만 병사는 그 자리에서 쓰러져 죽고 말았어요.

여러분, 마라톤은 바로 병사의 죽음을 기념하기 위해 그가 달려온 42.195Km를 달리는 것으로부터 생겨났답니다.

어린이 여러분! 싸움에서 이겼다는 소식만을 전하기 위해 힘을 다해 달려가 쓰러져 죽기까지 했다면 복음(기쁜소식 : 예수님)을 전하며 천국을 향해 달려가는 우리들은 어떠해야 할까요? 오늘 성경 말씀(행20:24)을 통하여 우리는 잘 알 수 있어요.

본론

사도 바울은 예수님을 전하는데 목숨을 아끼지 않았어요. 예수님을 전하다가 감옥에도 갇히고 돌에 맞기도 했어요. 매를 수없이 맞아 죽을뻔도 여러번 했어요. 걸을 수조차 없었어요. 온몸이 피투성이가 되었어요. 여러번 잠도 자지 못하고 '꼬르륵 꼬르륵' 굶고 추위에 떨 때도 많았어요. 때로는 물에 빠질뻔도 하였고, 강도를 만나기도 하는 등 예수님을 전하는데 많은 어려움과 고통이 따랐어요. 사람들은 사도 바울이 로마로 가면 죽게 될 것을 알았기에 로마로 가는 것을 원치 않았어요. 하지만 결코 사도 바울은 죽음을 두려워하지 않았어요. 복음을 전하기 위해 용감하게 로마로 떠났어요. 예수님을 전하며 천국을 향해 달려가는 그에게 목숨은 조금도 아깝지 않았어요.

예화

사도 바울처럼 누구보다도 예수님을 열심히 전하며 목숨을 조금도 아깝게 여기지 않고 천국을 향해 힘차게 달려갔던 한 분을 소개하겠어요. 짜자 짠~ 20세기의 사도 바울. 누구일까? 궁금하지요. 그 이름도 유명한 썬다 씽입니다.

"우와! 저기 좀 보세요. 눈 덮인 히말라야 산맥을 맨발로 걷고 있어요." 1889년 인도의 펀잡주 람퍼에서 태어난 썬다 싱은 예수님을 전하기 위해 눈덮인 히말라야 산을 맨발로 몇 번이나 넘었어요. 발에서 피가 나고 동상에 걸리기도 하고 강도도 만났어요. 또한 폐렴에 걸려 피를 토하면서 산을 넘기도 했어요.

"앗!~아아악." '나캉다' 라는 마을에서는 예수님을 전하다가 난디라는 사람이 던진 돌이 이마에 맞아 피를 많이 흘렸어요. 하지만 썬다 싱은 그를 용서해 주었어요.

"하나, 둘, 셋" "으악!" "이게 무슨 냄새일까요? 시체 썩는 냄새예요." '라자르' 마을에서는 라마승들에게 붙들려 썩은 시체들과 온갖 벌레와 쥐들이 있는 빈 우물에 던져졌어요. 그렇지만 하나님께서는 천사를 통하여 우물 뚜껑을 열고 밧줄을 썬다에게 내려주셨어요.

"아, 이를 어쩌면 좋을까요. 큰일났어요. 수십 마리의 거머리떼들이 썬다 싱의 피를 빨아 먹고 있어요. 피를 너무 많이 흘렸나보아요. 썬다 싱이 이리비틀 저리비틀 힘겹게 걷고 있어요." '일름'이라는 마을에서는 늪에 버려져 수많은 거머리떼들에게 피를 빨아 먹히는 고통을 당하기도 했어요. 하지만 복음을 전하는 일을 결코 포기하지 않았어요. 썬다 싱은 예수님을 전하는데 목숨을 조금도 아깝게 여기지 않았어요.

결론

어린이 여러분! 썬다 싱이 피를 토하며 히말라야 산을 넘나들며 복음을 전할 수 있었던 것은 무엇이었을까요. 왜 목숨을 조금도 아깝게 여기지 않았을까요. 그것은 바로 예수님께서 목숨을 조금도 귀하게 여기지 않고 십자가에서 물과 피를 다 쏟으시고 돌아가셨기 때문이에요.

어린이 여러분! 기억하세요! 이스라엘 백성이 어린양의 피를 문설주에 바름으로 살아났던 것처럼 여러분은 예수님의 피 값으로 인해 천국에 갈 수 있는 거예요. 예수님은 저와 여러분을 너무너무 사랑하셔서 목숨을 아낌없이 내어놓으셨어요. 여러분이 진정 예수님을 사랑한다면 사도 바울처럼, 썬다 싱처럼 예수님을 전해야 해요.

"부모님이 싫어하셔도 친구들에게 놀림을 받아도 괜찮아요. 몸이 힘들어도 열심히 전도할래요. 저도 예수님을 전하는데 저의 목숨을 아깝게 여기지 않을래요. 예수님을 전하며 천국을 향해 힘차게 달려갈래요."라는 약속을 하나님께 드려봅시다.

　♬힘차게 달려라 ○○교회 어린이♬ (은하철도 999)

9
온유한 마음

주제: 온유
본몬: 마태복음 11:29
　나는 마음이 온유하고 겸손하니 나의 멍에를 메고 내게 배우라 그러면 너희 마음이 쉼을 얻으리니

도입

(탈바가지 쓰고 등장-웃는, 우는, 화내는 모습)

　여호와 샬롬! 어린이 여러분, 찡그린 얼굴, 웃는 얼굴 어떤 모습이 좋은가요? 우리나라에는 "웃는 얼굴에 침을 못 뱉는다."는 속담이 있어요. 웃는 얼굴은 상대방에게 기쁨을 주어요.

　떡볶이, 오뎅, 아이스크림, 햄버거 등 좋아하는 것을 잘 사주는 친구들, 마음이 잘 맞는 친구들에게는 온유한 마음으로 대하기 쉬워요. 그러나 "흥! 쟤는 정말 얄미워. 기분 나쁘단 말이야, 제랑 같이 놀지 말자."라면서 여러분을 욕하고 놀리고 괴롭히는 아이들에게도 상냥하게 웃어줄 수 있나요? 물론 굉장히 어려울 거예요. 하지만 예수님은 그러한 아이들에게도 온유함으로 대하기를 원하셔요.

　그래서 오늘은 아프리카 원주민의 아버지로 불려졌던 알버트 슈바이처 박사님이 어릴 때 큰 영향을 받았던 '마이세'라는 유대인 아저씨를 만나볼까해요. 하나, 둘, 셋!

본론

　알버트가 자라던 퀸스바흐의 이웃 마을에 마이세라는 유대인 장사꾼이 살고 있었어요. 아저씨는 가끔씩 마차를 몰고 퀸스바흐를 지나가곤 하였어요.

"야, 마이세가 온다. 얘들아 모여라!" "마이세, 마이세!"

아저씨가 나타나기만 하며 퀸스바흐의 개구쟁이들은 언제나 이렇게 소리치며 마차의 꽁무니로 우르르 몰려들곤 하였어요. 마이세 아저씨를 놀려주고 골려주는 일이 그들에겐 재미있는 놀이 중 하나였어요. "바보 아저씨 마이세." "멍청이 마이세가 왔다."

그 중에서도 더욱 심술궂은 아이들은 길가에서 잡히는 대로 막대기와 돌멩이를 집어던지기도 했어요. 그것만이 아니었어요. 아이들은 저고리 끝을 말아 돼지의 귀 모양을 만들었어요. 그리고는 아저씨 바로 옆에까지 다가가서 깔깔거리며 놀려대었어요. "하하하, 아저씨는 돼지야."

그런데 참으로 이상했어요. 개구쟁이 아이들이 그처럼 귀찮게 굴었지만 마이세 아저씨는 한번도 화를 내는 일이 없었어요. 도리어 그럴 때마다 싱글벙글 웃기만 했어요. 아이들의 장난이 너무 지나치다 싶으면 여전히 웃으시면서 고작 하는 말이, "자, 이제 그만 하자. 내 아이들아."하는 것뿐이었어요. 하지만 아이들은 도리어 그것이 더 재미있다는 듯 놀려대는 일에 열을 올리곤 했어요. 마이세 아저씨를 놀려주는 일에 누구보다도 앞장섰던 아이는 알버트였어요. 다른 아이들도 마찬가지였지만 알버트는 마이세 아저씨가 조금도 화를 내지 않고 웃기만 했기 때문에 더욱 재미가 있었어요. 어느 날도 알버트는 맨 앞에 서서 마이세 아저씨를 향하여 막대기를 집어던지면서 놀려 주었어요. "마이세, 바보 아저씨 마이세."

그래도 마이세 아저씨의 웃음은 예전과 조금도 다르지 않았어요.

'마이세 아저씨는 참 이상하단 말야. 다른 어른들 같으면 당장 아이들을 혼내줄 텐데 조금도 화를 내지 않고 웃기만 하거든.' 그날 따라 알버트는 마이세 아저씨의 그런 얼굴이 더욱 뚜렷하게 떠올랐어요. 잠자리에 들어서도 마이세 아저씨의 웃는 얼굴이 계속해서 눈앞에 아른 거렸어요. 그런 아저씨의 모습을 생각하면서 알버트는 자신의 행동을 반성했어요.

'그래, 아무리 아저씨가 웃으면서 우리를 대한다고 해도 계속해서 아저씨를 놀리는 건 잘못이야, 이젠 그렇게 하지 말아야지. 그리고 아저씨의 웃는 모습을 배워야겠어. 누가 아무리 귀찮게 해도 항상 웃으시는 아저씨의 모습은 정말 보기 좋은 일이야.'

어린이 여러분, 무엇이 짓궂은 알버트의 마음을 변화시켰나요? 그래요. 개구쟁이 아이들에게 변함없이 웃음으로 다가가시는 마이세 아저씨의 '온유한 마음'이었어요.

성경말씀을 다같이 큰 목소리로 읽어볼까요?(마11:29)

예수님께로 가면 온유한 마음을 배울 수 있어요. 예수님은 돌과 채찍을 맞으셨어요. 로마병정들이 상처난 몸에 달라붙어 있는 옷을 벗기자 살점이 묻어져 나왔어요. 옷이 벗겨진 채 양손과 양발에 못이 박히셨고 머리에는 가시면류관이 씌어졌어요. 많은 사람들로부터 버림받고 놀림을 받고 부끄러움을 겪으셨어요. 어린이 여러분과 선생님들, 그리고 이세상 모든 사람들의 죄를 갚아 주시기 위해 예수님은 십자가에서 "왕따"를 당하셨던 거예요. 그러나 단 한번도 원망을 하거나 미워하지 않으셨어요. 오히려 하나님 아버지께 그들의 죄를 용서해달라고 기도하셨어요.

결론

어린이 여러분, 나를 싫어하는 아이들이 있나요. 나를 괴롭히는 아이들이 있나요. 나의 마음에 들지 않는 아이들이 있나요. 예수님처럼 온유한 마음으로 먼저 손을 내밀어 보세요. 만날 때마다 활짝 웃으면서 인사를 해 보세요. 그러면 예수님께서 도와주실 거예요. 여호와 샬롬!

10
하나님께 기도해 보세요

주제: 기도

본문: 다니엘 6:10

다니엘이 이 조서에 어인이 찍힌 것을 알고도 자기 집에 돌아가서는 그 방의 예루살렘으로 향하여 열린 창에서 전에 행하던대로 하루 세 번씩 무릎을 꿇고 기도하며 그 하나님께 감사하였더라 (참고말씀: 단6장, 눅1:26-35)

도입

(설교자는 미리 준비해온 핸드폰을 누르면서 다른 교사에게 전화를 건다)

"안녕하세요, 예수님. 여기는 ○○교회 교회학교에요."

"예수님, 오늘 우리 어린이들에게 은혜의 단비를 듬뿍듬뿍 내려주세요."

어린이 여러분! 일주일동안 부모님과 친구와 선생님들과 수많은 이야기를 하게 되지요? 우리 친구들은 누구하고 이야기 할 때 가장 재미있고 신나게 모든 것을 다 말할 수 있나요?

본론

구약성경에 나오는 다니엘은 하나님을 너무 너무 사랑했어요. 그래서 늘 하나님과 이야기하는 것을 좋아했어요. 어머! 어떤 친구는 다니엘이 하나님과 이야기한다니까 신기한가 보네요.

다니엘이 하나님과 이야기 했다는것은 바로 기도하는 것을 말하는 거예요.

다니엘은 자기의 나라가 식민지가 되어서 남의 나라에 포로로 잡혀가서 살게 되었지요.

그러니 얼마나 어렵고 힘든 일이 많았겠어요. 그때마다 다니엘은 하나님께 기도해서 위로와 하나님의 도움을 받았답니다. 그리고 다니엘에게는 아주 좋은 습관이 있었는데 하루에 세 번씩 시간을 정해놓고 기도를 하는 것이었어요. 이렇게 다니엘처럼 기도하는 사람이 있다면 하나님께서 얼마나 기뻐하실까요?

어린이 여러분, 다니엘처럼 기도하기를 너무너무 좋아했던 분이 계셔요. 하나님께 기도를 드렸는데 무려 5만번이나 응답을 받았어요. 그 분이 과연 누구일까요?

예화
오직 기도로 수천명의 고아들의 양식을 매일매일 얻어낸 죠지 뮐러 목사님이세요. 자기 딸인 리디아도 고아들과 함께 고아원에서 기르고 오직 '하나님의 영광을 위해서" 일평생 사셨던 분이지요. 뮐러 목사님은 어떤 어려움이 닥쳐도 낙망하지 않고 모든 것을 하나님께 맡기고 기도를 드렸어요. 기도노트도 만들어 하나님께서 응답해 주신 것들을 빠짐없이 기록하셨어요.

어느 날은 고아원 안에 먹을 것이 한톨도 없게 되었고, 우유를 마련한 길도 전혀 없게 되었어요. 이때도 뮐러 목사님은 하나님 앞에 엎드려 기도를 드렸어요. 조금도 꾸미지 않고, 어린 아이처럼 단순하고 간절하게 기도드렸어요.

"하나님, 우리 아이들이 모두 굶주릴 형편이 되었습니다. 차라리 제가 굶는 일은 참을 수 있지만, 어린 아이들이 굶주리는 일은 참을 수가 없습니다. 그러니 주님, 우리 아이들에게 오늘 먹어야 할 양식을 주소서." 그런데 이 기도는 너무나 빨리 이루어져 뮐러 목사님까지도 놀라셨어요. 그처럼 기도하고 있던 사이에 누군가 10파운드가 들어있는 봉투를 놓아두고서 돌아갔기 때문이에요.

뮐러 목사님은 언제나 모든 것을 기도로 해결하셨던 분이에요.

결론
어린이 여러분, 예수님은 우리의 기도를 들어주셔요. 우리가 기도하면 예수님께서 얼마나 기뻐하시겠어요. "저도 오늘부터 다니엘처럼 세 번씩 정해놓고 기도할래요." "TV, 컴퓨터게임보다 하나님과 이야기하는 시간을 더 많이 가질래요." 다니엘과 죠지 뮐러 목사님처럼 누구보다도 하나님과 이야기하는 것을 좋아하는 어린이들이 되기를 바래요. 기도하는 것은 예수님을 사랑한다는 증거예요. 기도를 좋아하는 어린이는 하나님의 사랑을 더 많이많이 받을 수 있어요.

11
순종하며 살래요

주제: 순종
본문: 마태복음 21:28-31

그러나 너희 생각에는 어떠하뇨 한 사람이 두 아들이 있는데 맏아들에게 가서 이르되 얘 오늘 포도원에 가서 일하라 하니 대답하여 가로되 아버지여 가겠소이다 하더니 가지 아니하고 둘째 아들에게 가서 또 이같이 말하니 대답하여 가로되 싫소이다 하더니 그 후에 뉘우치고 갔으니 그 둘 중에 누가 아비의 뜻대로 하였느뇨 가로되 둘째 아들이니이다 예수께서 저희에게 이르시되 내가 진실로 너희에게 이르노니 세리들과 창기들이 너희보다 먼저 하나님의 나라에 들어가리라.

도입

(위 본문을 설교자와 교사 그리고 한 어린이에게 미리 대본을 준 다음 외우게 하여 직접 극으로 재연한다. 단 행동은 하지 않고 목소리만).

나오는 사람: 아버지(설교자), 큰아들: 교사, 작은 아들: 어린이

두 아들 역을 맡은 분은 관중석에 앉아서 아버지(설교자)의 명령에 답변하도록 한다.

아버지: 아들아, 우리 큰아들 어디 있니?

큰아들: 예. 아버지 저 여기 있어요. 왜 그러세요?

아버지: 그래. 너 저기 포도원에 가서 일 좀 하고 오렴. 내가 어깨가 많이 쑤셔서 그런다.

큰아들: 네. 아버지. (독백) '아휴 아버지는 내 할일도 많은데 포도원에 가래.

아버지: 애, 막내야. 작은 아들 어디갔니?

작은아들: 네 아버지. 무슨일이세요?

아버지: 응 그래. 너 포도원에 가서 일좀 하렴.

작은아들: 저 할 일이 많은데요. 못 가겠어요. (독백) 아니야. 내 일보다 아버지 말씀에 순종해야지. 내 일은 나중에 하고 포도원에 가서 일해야겠다.

본론

여러분? 방금 보았던 극에서 누가 아버지께 순종하였나요? (아이들). 작은 아들은 아버지의 말씀에 처음에는 하지 않겠다고 했지만, 후에 뉘우치고 순종하였어요.

순종은 말씀대로 따르는 것을 말해요. 예수님을 믿는 우리들은 하나님의 말씀에 순종하며 살아야 돼요. 왜냐하면 예수님은 우리를 죄에서 구원하시기 위해 십자가에서 죽기까지 하나님의 뜻에 순종하셨어요. 그리고 예수님을 믿는 우리들을 천국으로 데려가시고자 하나님의 자녀로 삼으셨어요. 천국은 하나님의 말씀대로 살아가는 나라예요. 그래서 우리는 하나님의 말씀에 순종해야 하는 거예요.

예화

성경에 보면, 하나님의 말씀에 순종하여 축복을 받은 사람들이 많이 있어요. 그 중에서 나아만 장군이라는 사람이 있었어요.

나아만은 아람나라의 군대장관이었어요. 그는 왕의 사랑을 한 몸에 받고 있었어요. 전쟁이 나면 용감하게 적군을 물리쳐서 나라가 편안하게 살 수 있도록 했기 때문이지요. 또 왕에게도 충성했기 때문에 왕은 나아만 장군을 매우 사랑했어요. 그런데 나아만 장군이 사람들이 고치지 못하는 아주 무서운 병이 걸렸어요 그것은 바로 문둥병이었어요. (문둥병에 대한 설명) 그 시대에 문둥병은 아주 무시무시한 병이었어요. 문둥병에 걸리면 가족들과 함께 살 수가 없었어요. 친구도 만날 수 없어요. 사람들에게 가까이 갈 수도 없어요. 문둥병 걸린 사람이 다가오면 사람들은 돌로 던지면서 멀리 쫓아냈어요. 다른 곳에 격리되어서 살아야 해요. 손가락, 발가락이 굽고, 눈썹, 머리카락이 빠지고 몸이 썩어들어가는 병이에요. 이처럼 무서운 병을 나아만 장군이 앓게 되었어요.

그런데 그 장군의 집에 이스라엘에서 온 여종이 있었어요. "장군님 저의 나라에 가시면 하나님을 섬기는 선지자가 있는데 그 분에게 가시면 고칠 수가 있습니다."

그 말을 들은 장군은 얼마나 기뻤을까요? 그래서 왕에게 허락을 받고 많은 군대를 거느리고 하나님의 선지자인 엘리사를 찾아갔어요. "엘리사 선생, 나는 아람나라의 나아만 장군이요. 내 병을 고쳐주시오." 나아만 장군은 건방진 태도로 문밖에서 큰 소리를 쳤어요. 그러자 엘리사는 직접 나오지 않고 일하는 종을 보내면서 말을 전했어요. "당신은 가서 요단강에 몸을 일곱 번 씻으십시오. 그리하면 장군의 살이 어린아이처럼 깨끗하여 질 것입니다."

이 말을 들은 나아만 장군은 화가 났어요. "아니 내가 그래도 아람나라의 군대 장관인데, 나와서 인사도 안하고 상처를 만지면서 치료해주지도 않고 뭐! 나보고 더러운 요단강에 가서 몸을 씻으라고. 흥!"하면서 화가 나서 떠나려 했어요. 그러나 함께 왔던 종들이 이왕 이곳까지 왔으니 선지자의 말대로 하자고 자꾸 권유했어요. 나아만 장군은 화가 났지만 "그래 이왕 이곳까지 왔으니 엘리사 선지자의 말대로 믿고 순종해 보자."하며 엘리사의 말대로 순종했어요. 요단강에 가서 한번, 두 번…. 몸이 깨끗해졌을까요. (아이들). 아니에요. 그렇게 일곱 번째 몸을 씻고 나니까, 놀라운 기적이 일어났어요. 정말 엘리사의 말대로 문둥병이 깨끗하게 다 나은 거예요.

어린이 여러분, 순종은 이와 같이 우리에게 놀라운 축복을 가져다줍니다. 그러면 순종하는 어린이가 되려면 어떻게 해야 할까요?

1. 하나님의 말씀을 잘 들어야 해요

예배 시간에 하나님 말씀에는 관심이 없고 떠들고 장난치고 다른 생각하고 있으면 무슨 말씀을 하시는지 몰라요. 그런 어린이는 순종할 수 없어요. 말씀에 귀를 잘 기울이는 어린이가 순종할 수 있어요. 학교에서도 공부시간에 떠들지 않고 선생님 말씀을 잘 듣는 어린이가 공부도 잘 하는 것처럼 말이에요. 하나님은 하나님의 말씀을 잘 듣는 어린이를 사랑하세요.

2. 겸손해야 해요.

만일 나아만 장군이 체면을 앞세우면서 그냥 자기 나라로 돌아갔다면 그는 문둥병으로 죽었을거예요. 혼자 똑똑한 척 뻐기고 잘난 체하는 교만한 마음을 가지고는 말씀에 순종할 수 없어요. 겸손히 마음을 낮출 때 하나님께 순종 할 수 있어요.

어떤 어린이는 엄마, 아빠보다 자기가 더 똑똑하다고 생각하며 부모님을 무시하는 말과 행동을 하는 어린이가 있어요. "알았어. 내가 알아서 한다니까." "이건 이렇게 하는 거야. 엄마는 아무 것도 모르면서. 아휴! 답답해." 이렇게 함부로 말하는 어린이는 하나님 말씀에도 순종치 않을 거예요. 왜냐하면 교만하기 때문이에요.

3. 마지막으로 말씀을 지키려고 노력해야 해요.

나아만은 한번 순종도 어려웠지만 일곱 번 요단강에서 몸을 씻으라고 했을 때, 그 말씀을 지켰어요. 많은 인내심이 필요해요. 어쩜 창피하기도 했을 거예요. 하지만 그는 그 말씀을 지키겠다는 굳은 의지가 있었어요. 우리도 마찬가지로 이런 굳은 의지가 필요해요.

장난치고 싶을 때, 몸을 움직이고 싶을 때, 교회에 가고 싶지 않을 때에도 나아만 장군처럼 하나님의 말씀에 순종하여 그런 마음들을 물리치고 하나님이 기뻐하시는 마음을 갖는다면 하나님께 큰 칭찬을 받을 거예요.

결론

어린이 여러분! 순종할 때 하나님의 큰 축복을 받을 수 있어요. 예수님도 항상 순종하는 삶을 사셨어요. 우리도 예수님처럼, 나아만 장군이 순종하였던 것처럼 순종하는 어린이가 되시기를 바랍니다.

세상에서 가장 놀라운 일

주제: 부활

본문: 마가복음 16: 6

청년이 이르되 놀라지 말라 너희가 십자가에 못 박히신 나사렛 예수를 찾는구나 그가 살아나셨고 여기 계시지 아니하니라 보라 그를 두었던 곳이니라

도입

오늘은 아주 놀라운 일에 대해서 말씀을 전하려고 해요. 우리 친구들 중에 나이가 제일 많은 친구는 누구일까요? 아마도 6학년인 희석이나 아니면 그 다음으로 5학년인 미나나 가영이 일거예요. 그리고 나이가 제일 어린 민호가 있어요. 하지만 나이가 많든 적든 우리는 깜짝 놀랄 일을 경험하며 살고 있지요. 예를 들어 골목에서 놀고 있을 때, 갑자기 차가 "빠—앙!"하고 나타났다던가, 아니면 파란불이 들어와서 횡단보도를 건너려고 하는데 쏜살같이 "휙!"하고 자동차가 지나갈 때, 우리는 무척 놀라게 되죠. 아니면 이렇게 예배를 잘 드리고 있는데 갑자기 "뻥!"(미리 준비해 두었던 풍선을 터트린다.)하는 소리가 나면 깜짝 놀라지요. 이렇게 우리 주변에는 놀랄 일이 많이 있어요. 그런데 그보다 더욱 놀라운 일이 있어요. 이것은 세상에서 단 한번밖에 없는 놀라운 일이에요.

본론

(십자가를 지고 골고다를 오르시는 예수님의 사진을 보여준다.) 우리의 죄 때문에 십자가에 달리신 예수님은 머리에는 가시관을 쓰시고, 또 몸에는 수많은 채찍에 맞으셔서 피투성이가 되었어요. 유대인들은 예수님의 옷을 벗겼어요. 그

리고 예수님을 십자가에 눕히고 큰 못으로 손과 발을 십자가에 못박았어요. 잠시 후 예수님은 어머니가 보시는 곳에서 숨을 거두고 말았어요. 여인들과 제자들은 모두가 슬픔에 잠겨 밥도 제대로 먹지 않고 울었지요.

그리고 3일 뒤, 막달라 마리아는 예수님의 무덤에 올라갔어요. 그날은 오늘과 같이 주일이었죠.

아니 그런데 이게 어찌된 일이죠? 무덤을 막고 있던 돌문이 열려 있는 것이었어요. 마리아는 깜짝 놀랐어요. 헐레벌떡 무덤 안으로 들어갔지요. 그런데 예수님이 보이지 않았어요. 예수님이 누워계셨던 돌 위에는 고스란히 예수님의 옷만 남아있고, 무덤 안에는 아무도 없었어요. "누가 우리 예수님을 데려갔지. 오 예수님!" 마리아는 바닥에 엎드려 엉엉 울었어요. 바로 그때였어요. "놀라지 말라. 네가 찾는 예수님은 다시 살아나셨다." 흰옷을 입은 천사였어요. 천사는 예수님이 부활하셨다고 알려주고 그 말을 제자들에게 전하라고 말했어요. 마리아는 너무 놀랐어요. 이것은 이 세상에는 있을 수 없는 가장 놀라운 소식이었어요. "예수님이 살아나셨다! 우리 예수님이 다시 살아나셨대요." 그리고 기쁨으로 달려가 제자들에게 이 소식을 전했어요.

이 소식을 들은 제자들은 마리아의 이야기를 믿을 수 없다고 했어요. 도마는 이렇게 말했지요. "예수님을 직접 내 손으로 만져 봐야 믿을 수 있겠어!" 혹시 우리 친구들도 예수님의 부활을 믿을 수 없는 친구가 있나요?

그러나 예수님은 의심하는 도마에게도 직접 나타나셔서 못박혔던 손과 발을 직접 만져보게 하셨어요. 그리고 "믿음없는 자가 되지 말고 믿는 자가 되라"라고 말씀하셨죠.

예화

사울청년은 하나님을 열심히 믿던 사람이었어요. 하지만 예수님이 바로 하나님의 아들이라고 하는 사람들의 말을 믿지 않았어요. 그래서 그들을 핍박하고 잡아죽이는 일에 앞장섰던 사람이었어요. 스데반 집사님도 이때 잡혀서 돌아가 셨죠.

그날도 예수님을 믿는 사람들을 잡기 위해 다메섹으로 가는 도중이었어요. 그런데 갑자기 하늘에서 한줄기 빛이 비치더니 사울을 비췄어요. 그리고 그 빛 안에는 예수님이 서 계셨어요. "다 당신은 누구요?" "나는 네가 핍박하는 예수다. 사울아, 너는 왜 나를 핍박하느냐…" "당신이 바로 얼마 전에 죽은 예수라구요?" 사울은 깜짝 놀라 말에서 떨어졌어요. 그리고 땅에 엎드렸어요. 자신이 그렇게 핍박해 오던 예수님을 직접 눈으로 본 것은 너무나 놀라운 일이었어요. 그후로 사울은 자신의 이름도 '바울'(작은자)로 고치고 온 세상을 돌아다니며 예수님을 전하는 사도가 되었지요. 세상에서 가장 놀라운 일로 인해 사울청년은 바울사도로 변화되었답니다.

결론

여러분, 이처럼 예수님은 2천년 전에 돌아가셨지만, 삼일만에 부활하신 정말 살아계신 하나님이시랍니다. 이것은 그 어떤 일보다도 가장 놀라운 일이에요. 죽었던 사람이 다시 살아났다는 것은요. 그것도 아주 신기한 몸으로 먹어도 되고, 안 먹어도 되는 신비한 몸으로 부활하신 거예요. 이처럼 놀라운 일이 어디 있나요.

그러므로 그 예수님을 믿는 우리 친구들은 정말 행복한 어린이예요. 어떤 친구는 아무리 전도해도 예수님을 믿지 않는 친구가 있어요. 그것은 무척 안타깝고 불행한 일이지요. 그렇게 살다가 죽으면 지옥으로 가는 것이니까요.

우리 친구들! 이 놀라운 소식을 믿으세요? 이 사실을 믿는 어린이들은 복된 친구들이예요. 하나님께서는 그런 친구들을 몹시 기쁘게 받아 주신답니다. 여러분들은 더욱 확실하게 예수님의 부활을 믿으시고 그 사실을 전하도록 합시다.

13
시간표 만들기

주제: 약속(규칙적인 생활)
본문: 다니엘 6:10

다니엘이 이 조서에 어인이 찍힌 것을 알고도 자기 집에 돌아가서는 그 방의 예루살렘으로 향하여 열린 창에서 전에 행하던대로 하루 세번씩 무릎을 꿇고 기도하며 그 하나님께 감사하였더라

도입

(그림-영희 시간표. 앞면: 오락, 게임, 먹기, 잠자기 등. 뒷면: 뚱뚱한 영희의 모습)

어린이 여러분! 영희의 시간표를 보고 무엇을 느꼈나요? 여러분은 하루를 어떻게 보내고 있나요. 우리가 새롭게 변화되기 위해서는 규칙적인 생활을 해야해요. 그런데 규칙적인 생활을 하려면 반드시 시간표가 있어야겠지요? 그래서 이번 첫 시간은 시간표 만드는 시간을 가져보기로 하겠어요.

본론

바벨론의 포로로 끌려간 다니엘은 그곳에서도 기도시간을 정해 놓고 하루 세번 하나님께 기도했어요. 하지만 그 나라에 다니엘을 시기하고 미워한 나쁜 두 총리가 있었어요. "다니엘을 죽여야 해." "그래! 임금님이 다니엘의 말만 듣고 우리말은 듣지도 않거든? 그러니까 다니엘 총리를 없애면 이 나라는 우리의 손아귀에 들어오는 거야?"

나쁜 두 총리는 다니엘을 죽이려고 꾀를 내었어요. "법을 만드는 거야! 앞으로 30일 동안 우리 왕 이외에 어떤 신에게도 기도를 하거나 제사를 드리면 사자 굴 속에 던져 넣기로 하는거야. 다니엘은 늘 자기 신에게 기도를 하니까 꼼짝없이 우리 꾀에 걸리게 될 걸? 히히히."

그래서 두 나쁜 총리는 임금님을 꾀어 이상한 법을 만들게 했어요. "앞으로 30일 동안 임금님 이외의 어떤 신에게도 제사나 기도를 드릴 수 없다. 이 법을 어기면 사자 굴에 던질 것이다. 쾅쾅쾅!" 그러나 이 법이 만들어진 걸 알고도 다니엘은 계속 하루 세번씩 하나님께 기도했어요. 왜냐하면 하나님께 기도하기로 약속한 시간이기 때문이죠. 그것도 창문을 활짝 열어 놓고 큰 소리로 기도했어요. 결국 다니엘은 꽁꽁 묶여서 임금님께 끌려갔어요. 나쁜 두 총리는 "낄낄낄 드디어 넌 사자밥이 될거다!"라면서 좋아했어요. "폐하 다니엘은 왕의 법을 어기고 자기가 믿는 하나님께 하루 세번씩 기도를 드렸습니다. 왕의 법대로 사자 굴에 넣는 것이 가한 줄로 아뢰오!"

다니엘은 어떻게 되었을까요? "으르렁 으르렁" 무서운 사자굴 속에 던져졌어요. 다니엘은 사자굴 속에 던져졌지만 하나님만 의지하고 기도 드렸어요. 다니엘의 기도를 들으신 하나님께서 천사들을 보내어 다니엘을 지켜주셨어요. 무서운 사자들은 다니엘을 물지도 않고 사납게 으르렁거리지도 않았어요. 오히려 다니엘은 사자를 베개삼아 잠을 자고 일어났어요.

나중에 사실을 알게 된 임금님은 다니엘을 죽이려고 음모를 꾸몄던 두 총리를 잡아 사자굴에 집어넣었어요. 사자의 밥이 되고 말았어요. 어린이 여러분, 이처럼 다니엘은 하나님과 한번 약속한 것은 죽음보다 더 소중히 여기며 지켰어요.

예화

도미니꼬가 국민학교 다닐 때의 일이에요. 그 학교에는 생활 시간표가 있었는데, 아이들이 모여 앉거나 서성거리는 곳에는 그 시간표에 대한 불평과 투정이 대부분이었어요. "공부 시간이 너무 많아." "더 많은 시간을 뛰어 놀면 좋겠다."

"식사 시간에 맛있는 반찬이 별로 없어." 등 하여간 그들은 항상 무엇이든지 불평할 것들이 많았어요. 이런 아이들 때문에 부모님과 선생님들의 마음은 참으로 안타까웠어요. 하지만 도미니꼬는 그런 아이들과는 달랐어요. 그는 생활 시간표대로 순종하기를 좋아했어요. 날씨가 더우나 추우나 늘 한결같은 모습으로 학교 규칙에 따랐어요.

식사 때에도 나오는 대로 먹었고, 다른 아이들이 음식이 뜨겁다는 등, 너무 식었다는 등, 너무 맵거나 짜다는 등 여러 가지로 불평을 늘어놓을 때에도 그는 아주 맛있는 음식이라고 말하는 것이었어요.

식사 후에 남들이 다 나간 다음 식탁 위를 정리하는 것도 언제나 도미니꼬였어요. 1849년 7살에 도미니꼬는 세례를 받았는데, 그 날 하나님과 약속한 계획표가 있어요.

첫째, 회개생활을 잘 하겠다.

둘째, 주일을 거룩하게 잘 보내겠다.

셋째, 나의 친구는 예수님!

넷째, 차라리 죽을지언정 죄를 짓지 않겠다.

도미니꼬는 이 결심을 자주 꺼내어 읽어보았어요. 그때부터 죽을 때까지 이 계획표대로 살기로 굳게 마음먹고 실천하게 되었어요.

결론

어린이 여러분, 인생을 보람있게 살려면 반드시 목표가 있어야 합니다. 마찬가지로 우리의 하루하루가 새롭게 변화되려면 반드시 계획표가 있어야 합니다. 계획표를 세울 때 무엇보다도 중요한 것은 하나님과의 교제시간을 많이 계획하는 것입니다. 우리의 몸이 건강하려면 매일매일 음식을 먹듯이, 마찬가지로 우리의 영혼이 튼튼해지려면 매일매일 일정한 양의 성경 말씀을 읽고 기도생활도 열심히 해야 하고 또한 교회를 위해 봉사활동도 해야만 하는 것입니다.

자, 지금부터 나에게 맞는 시간표를 만들기로 해요. 그리고 반드시 그 시간표에 맞는 규칙적인 생활을 하는 여러분이 되시길 바랍니다.

신령과 진정으로 드리는 예배

주제: 예배

본문: 요한복음 4:24

하나님은 영이시니 예배하는 자가 신령과 진정으로 예배할찌니라

도입

(예배 시간에 잘 주무시는 집사님의 예화를 구연동화식으로 표현)

"드르릉 드르릉. 쿵쿵" 어느 시골에 예배 시간만 되면 꾸벅꾸벅 주무시는 집사님이 계셨어요. 그래서 어느 날 목사님은 좋은 생각이 떠올랐어요.

"자 천국에 가고 싶은 사람은 모두 일어서시오!"라고 목사님이 말씀하셨어요. 그러자 코를 고는 K집사님만 제외하고 모두 일어섰어요. 다시 목사님은 "자 앉으세요. 이번에는 지옥에 가고 싶은 사람만 일어서세요!"하면서 아주 큰소리로 말씀하셨어요. K집사님은 깜짝 놀라 벌떡 일어섰어요. 그러자 모두 웃음바다가 되었어요. 그 후로는 K집사님은 다시는 예배시간에 졸지 않았어요.

본론

오늘 성경에서 예수님은 "하나님께 예배하는 자가 신령과 진정으로 예배할찌니라."고 말씀하셨어요. 그런데 신령과 진정으로 예배한다는 것은 어떻게 예배하는 것일까요? 그래요. 이것은 우리의 마음과 정신을 집중해서 예배를 드리라는 말이예요. 그런데 이것은 말처럼 그렇게 쉽지만은 않아요. 하지만 예수님은 왜 신령과 진정으로 예배를 드리라고 말씀하셨을까요?

이 예배당 안에는 여러 가지 많은 물건들이 있어요. 전기불, 의자, 강대상, 마이크 등 이러한 물건들은 누구를 위하여 만들었을까요? 그래요. 여러분들을 위해! 하늘의 별과 달, 구름, 꽃, 과일, 나비… 이런 아름다운 자연은 누구를 위해 만들어졌을까요? 그래요. 사람들을 위해서지요. 자, 그럼, 이런것들을 우리 사람들을 위해 만드셨다면, 그럼 우리는 누굴 위해 만들어졌을까요?

우리는 바로 하나님을 위해 만들어졌답니다. 그래서 하나님의 형상대로 사람을 만드시고 "보시기에 심히 좋았더라"고 하셨어요. 하나님은 이 세상의 그 어떤 것보다도 우리들을 사랑하고 관심을 가지시는 거예요. 우리 친구들도 자기가 좋아하는 사람이나 친구가 있다면 사진도 같이 찍고, 또 예쁜 액자에 넣어서 걸어놓고 보고 싶을 때마다 보잖아요. 그렇죠.

그럼, 이렇게 하나님의 형상대로 지음받은 우리는 어떻게 살아야 할까요? 그렇죠. 하나님을 위해서 살아야 되겠죠. 그 첫 번째가 예배를 드리는 거예요. 하나님은 참 기뻐하신답니다. 예배를 드릴 때에 어떻게요? 맞아요. 신령과 진정으로 예배를 드려야 해요. 그것은 어떻게 하는 걸까요? 바로 마음을 다해 정성을 다해 하나님을 주목하고 드리는 거예요. 그런데 어떤 친구는 예배 도중에도 "제가 헌금위원 할래요." "왜 저는 안 시켜줘요." "저 기도 못해요. 기도 안 해요." 하면서 예배를 방해해요. 이것은 결코 하나님이 기뻐하시는 예배가 아니예요. 하나님은 질서의 하나님이세요. 그러므로 우리 친구들은 선생님의 말씀을 따라 질서있고 정성스런 예배를 드려야 한답니다. 결코 자기 멋대로 드리는 예배가 아니예요. 찬양도 열심히, 기도도 정성스럽게, 말씀도 귀기울여 듣는 것이에요. 이것이 바로 신령과 진정으로 드리는 예배이지요.

예화

분도 라브르는 프랑스 사람으로 거지생활을 하며 예수님의 일생을 생각하면서 사셨던 분으로 높은 믿음의 경지까지 올라가신 훌륭한 분이십니다. (분도 라브르의 기도하는 그림 제시)

하루는 어느 분이 교회에 갔는데 분도 라브르가 기도를 하고 계셨어요. 그런데 그가 기도하는 모습이 마치 불타는 모습처럼 찬란한 빛에 둘러싸여 있었어요. 그리하여 사람들은 분도 라브르가 '성인'이라고 소리치며 그를 존경하게 되었어요.

결론

그렇다면 우리 친구들은 어떤가요? 예배시간이나 분반공부때 성경말씀을 믿지 않거나 듣지 않는 것, 예배 시간에 친구생각이나, 텔레비전 생각이나, 놀러갈 생각이나, 간식을 생각할 때, 예배는 참석했지만 찬송도 부르지 않고 기도도 하지 않을 때, 헌금 할 돈을 헌금하지 않고 다른곳에 쓰려고 하거나, 헌금을 할 때 성의없이 헌금함에 넣는 것, 예배에는 참석했으나 순서대로 참여하지 않고 구경하러 온 사람처럼 보기만 할 때, 성경책이나 찬송가도 없이 앉아 있을 때. 만일 우리 친구들이 이와 같은 자세로 예배를 드린다면 그것은 신령과 진정으로 드리는 예배일까요 그렇지 않은 걸까요?

어린이 여러분! 신령과 진정한 예배를 드리기 위해서는 하나님의 살아계심을 확실히 믿고, 나의 죄를 위해서 예수님께서 십자가에 못박혀 돌아가심을 확실히 믿고, 또한 믿음으로 나를 구원해 주실 것을 확실히 믿고 감사함으로 나의 마음을 드리고, 찬송을 드리고, 기도를 드리고, 헌금을 드리는 것입니다. 우리 친구들은 하나님이 기뻐하시는 예배를 드리는 친구들이 다 되기를 바랍니다.

15
어리석은 자들

주제: 전도

본문: 시편14:1

어리석은 자는 그 마음에 이르기를 하나님이 없다 하도다 저희는 부패하고 소행이 가증하여 선을 행하는 자가 없도다.

도입

본문낭독 후 설교자의 기도가 끝나면 예배당의 모든 불을 끈다. (효과음: 천둥소리) 조명을 이용하여 한 사람을 비춘다. (지식이 많아 보이는 사람으로 양복을 잘 차려입었다) "흥! 하나님이 살아있긴 어디 살아있어. 자 과학으로 증명해보라구 그래. 과학으로 증명되지 않은 것은 모두가 거짓이라구. 속임수일 뿐이지."

조명이 다른 사람을 비춘다(옷이 허름해 보이는 사람으로 평범한 농사꾼임). "오, 하나님, 감사합니다. 오늘도 우리에게 일용할 양식을 주시고, 가족들을 지켜주시니 감사합니다. 하나님을 찬양합니다. 오 할렐루야!"-조명이 꺼지고 불을 켠다.

본론

우리 친구들 안녕하세요? 오늘은 선생님이 우리 친구들에게 이 세상에서 가장 어리석은 사람들에 대해서 이야기하려고 해요. 우리 친구들은 성경말씀을 믿나요? 우리는 성경에 나와 있는 말씀을 다 믿어야 해요. 왜냐하면 예수님께서 하신 말씀이기 때문이죠. 자, 그러면 우리 다시한번 시편14:1 말씀을 읽어볼까요?

오늘 말씀에 '어리석은 자는 그 마음에 이르기를 하나님이 없다고 한다' 라고 써 있지요. 이 세상에서 하나님이 없다고 하는 사람들은 어떤 사람일까요? 예수님을 믿는 사람일까요 안믿는 사람일까요? 그래요. 예수님을 믿지 않는 사람들은 "이 세상에 하나님이 어디 있어! 흥, 하나님을 믿으려면 내 주먹을 믿어라" 라고 하면서 하나님을 욕하고 비방해요. 그러나 이 사람들은 정말로 어리석은 사람들이예요. 왜냐하면 죽은 다음을 생각하지 못하기 때문이지요. 요한계시록 22:15을 보면 예수님께서 '개들과 술객들과 행음자들과 살인자들과 우상숭배자들과 및 거짓말을 좋아하며 지어내는 자마다 성밖에 있으리라' 라고 하셨는데 이것은 즉 개들과 술객들과 행음자들과 살인자들 우상 숭배자들과 거짓말을 좋아하는 사람들은 예수님을 믿지 않는 사람들을 뜻해요.

예수님께서는 바로 이 믿음 없는 사람들을 성밖에 즉 천국이 아닌 지옥에 있게 하시겠다고 하신 거예요. 그러니까 예수님을 믿지 않는 사람들은 얼마나 어리석은 사람들일까요. 자신이 지옥에 들어가게 된다는 사실도 모르고 살아가고 있었어요. 그러나 어느 날 갑작스런 죽음으로 자기 영혼이 지옥에 들어와 있는 것을 알게 될 때, 그 믿지 않는 사람들은 울면서 후회하며 이를 갈게 될 거예요. 뜨거운 지옥불 속에서 고통 당하며 예수님을 믿지 않은 것을 후회하며 영원히 살게 될 것입니다.

그러나 우리 친구들같이 예수님을 사랑하고 이렇게 예수님을 만나기 위해 아침일찍 일어나 교회에 온 친구들은 얼마나 행복한 사람인가요. 천국의 생명과와 생명수를 먹고 마시며 또 우리가 사랑하는 예수님과 함께 살아간다고 생각하니 정말 너무 너무 기쁜 일이에요.

사람은 죽어서 심판을 받게 된다고 요한계시록 20: 12~15절에는 기록되어 있어요. "또 내가 보니 죽은자들이 무론대소하고 그 보좌 앞에 섰는데 책들이 펴있고 또 다른 책이 펴졌으니 곧 생명책이라 죽은 자들이 자기의 행위를 따라 책들에 기록된 대로 심판을 받으니 바다가 그 가운데에서 죽은 자들을 내어주고 또 사망과 음부도 그 가운데에서 죽은 자들을 내어주매 각 사람이 자기의 행위대로 심판을 받고 사망과 음부도 불못에 던지우니 이것은 둘째 사망 곧 불못이라 누구든지 생명책에 기록되지 못한 자는 불못에 던지우더라." 아멘.

여러분, 생명책에는 예수님을 믿는 사람들의 이름이 쓰여져 있는 책이예요. 그런데 조금 전에 읽은 성경말씀에는 생명책에 이름이 기록되지 못한 사람들은 어디에 던진다고 했지요? 그래요. 불못이예요. 바로 지옥에 던진다는 말씀이예요.

예화

일제시대 때 주기철 목사님이라는 분이 계셨어요. 그분은 산정현 교회의 담임 목사님이셨는데, 우상인 신사에 참배하지 않아서 감옥에 갇히게 되었지요. 그 감옥에서 주목사님은 배만수형사와 낭하형사에게 모진 고문을 당하셨어요. "신사에 참배하기만 하면 너의 목숨을 살려주겠다." "나는 살아계신 하나님 앞에서 우상에게 절할 수 없소. 당신들도 이 죄를 회개하시고 하나님 아버지를 믿으시오. 그분만이 생명이며, 우리를 영원한 천국으로 인도하실 수 있는 분이오." "뭐야? 이런 고집불통 목사를 보았나. 더 따끔한 맛을 보아야겠구만!" 목사님의 전도에도 불구하고 그들은 하나님을 믿지 않고 오히려 목사님의 손톱과 발톱을 빼고, 전기고문과 몽둥이로 온몸을 때렸어요. 하지만 목사님은 죽기까지 결코 굽히지 않았답니다.

결론

여러분, 지금 주기철 목사님은 어디계실까요? 맞아요. 주목사님은 아름답고 행복한 천국에 계시지만, 하나님은 없다라고 소리쳤던 배만수 형사와 낭하형사는 저 무서운 지옥에 떨어졌을 거예요.

사람은 어느 누구나 죄로인해 죽을 수밖에 없어요. 죽은 후에는 하나님께 심판을 받지요. 그 심판 후에는 예수님을 믿고 영접한 사람은 아름다운 천국에 가서 행복하게 살고, 예수님을 믿지 않았던 사람들, 즉 어리석은 사람들은 지옥에 떨어져요. 그곳에서 영원한 고통을 당하죠. 그렇다면 우리는 어떻게 해야 할까요?

예수님을 끝까지 믿고 천국에 가는 지혜로운 어린이가 되어야 할까요 아니면 예수님을 믿지 않고 오락이나하며, 친구와 싸우고 부모님 말씀도 안듣고 회개기도도 하지 않는 어리석은 사람이 되어 지옥에 가는 사람이 되어야 할까요?

엘리 엘리 라마 사박다니

주제: 고난

본문: 마태복음 27: 45-46

　제 육시로부터 온 땅에 어두움이 임하여 제 구시까지 계속하더니 제 구시 즈음에 예수께서 크게 소리질러 가라사대 엘리 엘리 라마 사박다니 하시니 이는 곧 나의 하나님, 나의 하나님, 어찌하여 나를 버리셨나이까 하는 뜻이라.

도입

(물에 빠진 사람 그림을 보여준다.)

　"사람 살려! 사람 살려!" 여러분, 어쩌면 좋아요? 한 어린이가 깊은 물에 빠졌어요. 그래서 살려달라고 소리를 지르고 있어요. 이 어린이에게 지금 필요한 것은 무엇일까요? (빵, 돈, 밧줄이 그려져 있는 각각의 그림을 보인다.) 그래요. 밧줄이예요. 이 어린이에게는 돈도 필요없고, 맛있는 빵도 필요없고 오직 하나, 바다에서 나올 수 있는 밧줄이 필요한 거예요.

　우리는 이 어린이와 같이 '세상' (요일2:15-16)이라는 거대한 바다에 빠져서 죽을 수밖에 없는 사람들이었어요. 그런데 우리에게 밧줄을 던져준 분이 계시답니다. 그분은 우리를 죽음에서 건지시고 대신 돌아가셨어요. 과연 그분은 누굴까요?

본론

　여러분, 우리들은 왜 교회에 나오는 걸까요? 어떤 친구는 이렇게 말할 거예요. "심심해서요." "맛있는 간식주니까요." "선생님이 자꾸 오라고 전화해서요."

그러나 이 대답은 다 틀렸어요. 우리가 교회에 나오는 목적은 구원받기 위해서 예요. 구원이란 '죄를 용서받는 것'을 의미해요. 죄를 용서받는다는 것은 '마귀가 가득하고 뱀과 뜨거운 불 속에서 영원히 고통당할 수밖에 없는 지옥에서 하나님이 계신 사랑과 기쁨이 가득한 나라, 천국으로 갈 수 있게 되었다'는 것을 의미해요. 그곳에는 눈물도 없고, 질병도 없고, 아름다운 천사님도 살고 계신 곳이죠.

그러나 우리가 이렇게 천국에 갈 수 있었던 것은 한 분의 희생으로 이루어진 거예요. 그분은 우리대신 돌아가셨죠. 대신 지옥의 고통을 당하셨어요. 그분이 누군지 조용히 눈을 감고 그분을 한번 불러보아요. "예수님!"(다같이 예수님을 부르도록 한다.)

〈토막 성극〉

나오는이 : 예수님, 예루살렘여인, 로마군병, 바리새인(교사들 동원)

십자가 사건의 성극을 짧게 성경을 바탕으로 아이들에게 보여준다.

아이들이 앉아있는 중간을 가로질러 골고다 언덕을 올라가는 장면부터 시작된다. 예수님께서는 십자가를 지고, 힘겹게 골고다 언덕을 오르시고, 로마군병은 그 예수님에게 채찍질을 한다. 여인은 예수님의 뒤를 따르며 한없이 운다. 강대상 앞까지 오자, 군병은 예수님을 실감나게 십자가에 못박는 시늉을 한다. 이때 바리새인은 예수님을 욕하고 비웃으며 "네가 하나님의 아들이거든 십자가에서 내려와 봐"하며 떠든다. 이 모습을 보고 있는 아이들에게 바리새인은 '저 사람이 하나님의 아들이 맞다고 생각하나?' 하며 질문을 한다면 더욱 생동감이 넘칠 것이다.

잠시 후 예수님은 가상 칠언 중 몇마디를 하시고 운명하신다. 이때 잔잔하고 고요한 경음악을 틀어주면 더욱 좋다. (가상칠언: 1.아버지 저들을 용서하여 주옵소서. 자기의 하는 것을 알지 못함이니이다. 2. 내가 목마르다. 3. 엘리 엘리

라마 사박다니. 4. 다 이루었다. 5. 아버지 내 영혼을 아버지께 맡깁니다.) –끝

여러분, 왜 예수님이 이렇게 많은 고통을 당할 수밖에 없었을까요? 예수님은 하나님의 아들이니까 능력도 많고 저 나쁜 사람들을 모두 죽일 수도 있었는데 왜 그러지 않았을까요? 그건 바로 우리들을 너무 너무 사랑하셨기 때문이예요. 사실은 우리가 십자가에 못박혀 죽고 하나님께 버림받아야 하는데 예수님이 대신 하나님께 버림받으신 거예요.

오늘 주보에 나와 있는 '엘리 엘리 라마 사박다니' 라는 말의 뜻이 바로 '나의 하나님, 나의 하나님, 왜 저를 버리십니까' 라는 뜻이에요.

우리 친구들도 부모님께 버림을 받는다면 얼마나 슬플까요. 만약 우리 영훈이를 엄마, 아빠가 길거리에 버린다면 어떻겠어요. 고아원에 데려다 준다면요. 우리는 어쩜 거지가 될 수도 있을 거예요. 예수님은 이보다 더 큰 고통과 버림을 당하셨어요. 사랑하는 제자들과 아버지께 조차도 버림을 받으셨지요. 이 모든 것은 우리를 살리시기 위함이었어요. 우리를 죄에서 구원하시기 위해서요.

그렇다면 우리는 예수님의 그 사랑에 보답해야 할까요 하지 않아야 할까요. 당연히 예수님을 기쁘게 하는 삶을 살아야 할 거예요.

첫째는, 그 어떤 일보다 예배를 소중히 여기고 정성을 다해 드려야 해요. 하나님께서 주일예배를 거룩히 지키라고 말씀하셨어요.

둘째는, 회개기도와 함께 식사기도, 감사기도, 간구기도를 많이 해야 해요. 어떤 친구는 보면 교회에 와서 기도도 하지 않고 장난치고 방석을 던지며 노는 친구가 있어요. 이것은 정말로 나쁜 행동이예요. 절대 하나님이 기뻐하시지 않는 모습이죠.

셋째는, 우리는 하나님의 말씀을 기억하여 실천하는 삶을 살아야 해요. 말씀에는(성경책을 보이며) 원수를 사랑하라, 친구와 화목하라. 믿지 않는 사람들에게 전도해라. 항상 기뻐하라. 등등 많은 말씀이 적혀 있어요. 물론 이런 것들을 한번에 지키기란 쉬운 일이 아니예요. 하지만 매일 한가지씩 지키려고 노력한다

면 그 친구는 하나님의 은혜에 보답하는 어린이일 거예요. 그것은 우리가 마땅히 해야 할 일이죠.

결론

이제 우리 두손을 모으고 조용히 무릎을 꿇고 하나님께 기도하겠어요. 그동안 하나님의 사랑을 잊어버리고 욕하고, 때리고 예배에 빠지고 부모님 말씀에 불순종하고, 선생님께 대들었던 것들, 하나님보다 컴퓨터나, 만화책, 음식을 더 좋아했던 것들이 있었다면 "예수님, 잘못했습니다. 용서해 주세요. 그리고 하나님이 기뻐하는 삶을 살게 도와주세요"하고 기도하겠어요.

합심기도가 끝난 후, 설교자의 마무리 기도로 마친다.

예수님이 기뻐하시는 사랑

주제: 사랑
본문: 마태복음 5:39-42

네게 구하는 자에게 주며 네게 꾸고자 하는 자에게 거절하지 말라(42절)

도입

(그림–블럭쌓는 장면과 서로 싸우는 장면)

어린이 여러분, 놀이를 하면서 더 많이 가지려고, 더 좋은 것을 가지려고 친구랑 싸워본 경험이 있나요? 친구와 마음이 안 맞아 "나는 자동차를 만들거야", "안돼! 난 집을 지을거야"라고 서로 다투기라도 하면 어때요? 자동차도 못 만들고, 집도 못 짓게 될 것이고 서로 마음만 상하게 될 거예요. 그렇다면 한 가지 놀이를 하더라도 어떻게 해야 예수님을 기쁘시게 할 수 있을까요?

본론

1. 먼저 양보할래요.

양보를 하기 위해서는 먼저 내가 손해를 볼 줄 알아야 해요. 내가 하고 싶은 것이 있지만 다른 사람을 위해 참는 거예요. "○○아, 네가 먼저 집 지어 내가 도와줄게", "우리 같이 비행기 만들자"하고 서로 양보해야 합니다.

성경에 다윗과 요나단의 아름다운 우정 이야기가 나옵니다. 요나단은 다윗과 친구가 되기를 약속하고 자기가 가장 아끼는 것들. 겉옷, 군복, 활, 띠 등을 다윗에게 주었어요. 다윗은 왕자인 요나단의 옷과 무기를 선물로 받았으니 얼마나 기뻤겠어요?

그리고 요나단은 아버지가 다윗을 시기하여 죽이려 하자 항상 다윗을 변호해 주면서 죽이지 못하게 했어요. 그뿐인가요? 요나단은 왕자로서 장차 왕이 될 사람인데 왕이 될 것을 포기하고 다윗이 왕이 될것이라고 하였어요(삼상23:17). 아버지가 끝까지 다윗을 죽이려 하자 요나단은 숲속에서 비밀히 다윗을 만나 그 사실을 알려주었어요. 요나단은 다윗과 헤어지는 것이 너무너무 슬퍼서 서로 껴안고 '엉엉!' 울었어요.

그후 다윗이 왕이 되었을 때 요나단의 사랑에 보답하여 요나단의 아들 므비보셋을 왕궁에 데려다 친자식처럼 돌보았어요. 요나단의 아버지 사울이 가지고 있던 재산도 모두 그에게 주었어요. 이렇듯이 여러분도 예수님을 기쁘시게 하려면, 자기가 손해를 보더라도 남에게 양보하는 다윗과 요나단과 같은 사랑이 있어야 해요.

혹시 학교에서나 교회에서 돈이 없어 학용품을 제대로 준비하지 못한 친구는 없었나요? 교회에 처음 나와서 당황하는 친구에게는 어떻게 대했나요? 약하고 어린 친구들에게 친절을 베푸는 일, 교회에 새로나온 친구를 도와 주는 일, 학용품이나 준비물을 가지고 오지 못한 친구들에게 나의 것을 빌려주며 같이 사용하는 것 등. 잊지마세요. 내가 아끼고 소중히 여기는 것을 양보할 때 예수님은 기뻐하셔요.

2. 용서할래요

우리 어린이들 중에 하나님을 사랑한다고 하면서 교회에도 열심히 나오고 찬송도 힘차게 잘 부르고, 헌금도 정성껏 잘 드리는데, 남을 용서하는 마음이 부족할 때가 있어요.

함께 놀던 친구와 마음이 맞지 않아 욕하며 때리며 싸우지 않았나요? 친구가 나의 물건을 망가뜨리거나 몰래 훔쳐갔을 때 선생님에게 고자질하며 그 친구를 미워하지는 않았나요? 나에게 불편을 주고 나를 괴롭히는 친구라도 용서해주세요. 예수님은 일흔번씩 일곱 번이라도 용서해주라고 하셨잖아요. "철이야, 내가 잘못했어. 정말 미안해"라고 먼저 사과해 보세요. 친구의 허물을 덮어주고 용서해 준다면 예수님은 매우 기뻐하실거예요.

예화

일제시대 말에 신사 참배를 거부하다가 6년 동안 감옥에 갇혀 많은 고난을 겪으시고 순교하신 손양원 목사님이 계셨어요. 1948년 10월 여수 순천에서 우리 민족끼리 싸우고 죽이는 큰 싸움이 일어났어요. 이때 많은 학생이 공산주의 편에 서서 나쁜 짓을 하였어요. 손 목사님의 두 아들 동신이와 동인이가 그들에게 잡혀 무참히 죽임을 당하게 되었어요. 이 소식을 듣게 된 손 목사님은 마음이 무척 아프셨지만 억울해 하거나 원통해 하지 않으셨어요. 오히려 두 아들을 순교자로 만들어주신 하나님께 감사를 드리셨어요. 더욱 놀라운 일은 사랑하는 두 아들을 죽인 학생을 사형시키기는 커녕 때리지도 말아달라고 간곡히 부탁하시는 것이었어요. 그리고 자기 아들을 죽인 학생을 목사님의 아들로 삼으시고 따뜻하게 보살펴주기까지 하셨어요.

결론

어린이 여러분! 새끼 손가락 고리 걸고 꼭꼭 약속해요. "이제부터는 손해를 보더라도 나의 것을 양보할래요. 친구가 잘못했더라도 허물을 덮어주고 먼저 용서해줄래요." 우리 함께 다윗과 요나단처럼, 손양원 목사님처럼 예수님이 기뻐하시는 사랑을 실천하며 살아갑시다.

18
우리는 하나

주제: 협력

본론: 고린도전서 12:12-27

몸은 하나인데 많은 지체가 있고 몸의 지체가 많으나 한 몸임과 같이 그리스도도 그러하니라 우리가 유대인이나 헬라인이나 종이나 자유자나 다 한 성령으로 세례를 받아 한 몸이 되었고 또 다 한 성령을 마시게 하셨느니라 -중략-

도입

(융판을 이용하여 설교하면 좋다) 융판에 각 지체(손, 발, 코, 입, 귀, 눈)를 붙이며 서로 이야기한다.

어느 날 저녁에 손, 발, 코, 입, 귀, 눈이 몸에서 떨어져 나와 회의를 열었어요. 회의 내용은 다른 지체들은 열심히 일하는데, 배는 하는 일없이 가운데 누워 받아만 먹으면서 다른 모든 지체들을 다 부려먹는다는 것이었어요. 그래서 다른 지체들이 놀기만 하는 '배'에 대해 화가 난 것이었어요.

손: "야, 저 배좀 봐. 그저 누워서 거드름만 피우고 있잖아. 나는 이렇게 힘들게 물건도 들고, 열심히 일하는데 말야!"

발: "맞아, 맞아. 나는 열심히 뛰고 일하느라 물집이 잡힐 지경이야."

코: "만약 내가 없으면 너희들이 그렇게 좋아하는 맛있는 음식의 냄새를 맡을 수 있겠니?"

눈: "그래 그래. 하여튼 우리는 이렇게 열심히 일하는데, 저 못된 배는 늘 게으름만 피우지. 미워 죽겠어. 저 배를 어떻게 하면 좋을까?"

이런 소리를 다 듣고 있던 배는 웃으면서 말했어요.

"그래. 너희들이 수고해서 내가 잘 먹는 것은 사실이야. 그렇지만 내가 그것을 잘 소화해서 다시 너희들에게 골고루 나누어주지 않니. 만약 내가 나누어주지 않으면 너희들은 힘이 없어서 일을 할 수 없을거야."

그제야 모든 지체들이 고개를 끄덕였어요. 그동안 배는 다른 여러 지체들을 위해 그 힘든 소화하는 일을 하고 있었던 거예요.

본론

여러분! 우리 몸에 이렇게 여러 지체가 있는 것처럼 교회라는 몸에도 여러 지체가 있어요. 목사님이 계시고, 전도사님도 계시고, 선생님, 성가대, 집사님, 반주자, 어린이, 학생 이렇게 여러 지체들이 있어요. 그들은 모두 자기에게 주어진 일들을 최선을 다하여 하죠. 마치 우리 몸에 있는 손, 발, 귀, 입, 눈 등이 자기에게 주어진 일들을 하는 것처럼 말예요. 손이 할 일은 손이, 발이 할 일은 발이, 그리고 눈은 보는 것, 입은 찬양이나, 기도하는 것, 등등 자기의 일을 해야 해요.

그런데 손이 "나만 힘들게 일하잖아. 하지 않을거야."하고 아무것도 안한다면 어떻게 하겠어요. 그럼 그 사람은 바보나 장애자가 되고 마는 것이에요. 만약 발이 움직이지 않는다면 우리는 교회에 나올 수도 없고, 학교에 가서 공부하기도 어려울 거예요. 휠체어에 실려 갈 수는 있겠죠. 이처럼 우리 몸은 서로 협력하여 하나님의 뜻을 이루라고 주신 하나님의 선물이에요.

그처럼 우리 주일학교 안에도 여러 친구들이 있어요. 어떤 친구는 말을 잘하지 않는 친구, 어떤 친구는 계속 떠들어대는 친구, 어떤 친구는 느린가 하면 어떤 친구는 빨라요. 그리고 얼굴이 예쁜 친구도 있고, 못생긴 친구도 있어요. 하지만 우리 모두는 교회에서 함께 협력하고 사랑하라고 보내주신 지체들이에요.

그러므로 "난 쟤가 미워. 우리교회에 안 나오면 좋겠어. 쟤는 왜 그렇게 잘난 척하지. 내 눈앞에서 없어졌으면 좋겠어." 하는 나쁜 마음을 품는 것은 하나님의 뜻을 거스리는 거예요. 바로 배가 미우니까 배를 쫓아내자고 회의하는 것이나 마찬가지죠.

우리 중에는 필요없는 사람은 아무도 없어요. 모두가 하나님께서 보내주신 소중한 존재죠. 누구는 소중하고 누구는 필요없는 사람이 아니예요.

예화

고린도 교회에는 몇 개의 파로 나누어 있었어요. 어떤 사람은 바울을 따르고, 어떤 사람은 아볼로를 따르고, 또 누구는 게바에게, 또 어떤 사람들은 예수님께 속해 있다하며 서로 갈라져 있었어요. 그래서 아볼로를 따르는 사람은 게바를 미워하고, 바울을 따르는 사람은 아볼로파를 손가락질했어요. 그래서 한 교회에서 싸움이 일고, 서로 미워하게 되었어요. 이것을 안 사도 바울은 그들에게 편지를 썼어요. "여러분, 그리스도께서 어찌 나누었습니까 내가 당신들을 위하여 십자가에 못박혔습니까 여러분들은 바울의 이름으로 세례를 받았습니까. 여러분, 당신들은 예수님의 십자가로 다 하나가 된 형제 자매입니다. 그러니 제발 싸우지 마십시오. 화목하십시오. 우리는 모두가 소중한 사람들입니다."

이 편지를 받고 고린도교회 사람들은 회개하였어요. 그리고 다시 하나가 되려고 노력했지요.

결론

어린이 여러분, 우리 교회의 각 지체들인 성도님과 어린이가 다 하나가 되어 각자 자기가 맡은 일을 열심히 한다면 하나님께서는 기뻐하실 거예요. 누군가 일을 하다가 어려워하면 서로서로 도와주어야 해요. 자기만 옳다고 잘난체 하고 다른 친구들을 무시하면 우리 교회는 병들고 말 거예요. 우리 모두 서로 양보하는 교회, 협력하는 교회, 사랑하는 교회가 되어서 화평을 이루는 우리 모두가 되시기를 바래요.

19
우리 위해 희생하신 예수님

주제: 희생
본문: 창세기 3: 21
여호와 하나님이 아담과 그 아내를 위하여 가죽옷을 지어 입히시니라

도입
(도화지에 그려진 여러 가지 옷과 신발 목도리 등을 보인다.- 동물의 가죽을 이용한 것. 예: 가죽점퍼, 구두, 여우 목도리…)- 동시에 질문한다.
이것들은 어떻게 만들어졌을까요? (답: 동물이 죽어서)
이것들의 공통점은 무엇일까요? (가죽으로 만들어졌다.)

본론
이처럼 최초로 동물의 가죽옷을 입었던 사람들이 있어요. 그들은 바로 누구냐면 창세기에 나와 있는 아담과 하와에요. 하나님께서는 아담과 하와를 만드시고, 그들에게 동산 중앙에 있는 선악과를 따먹지 말라고 말씀하셨어요. 그런데 그만 마귀의 꼬임에 넘어가 뱀의 꼬임으로 그 과일을 따먹고 말았어요. 그러자 아담과 하와 마음속에 무엇이 들어왔는지 아세요? 무서운 죄가 들어왔어요! 처음에 아담과 하와는 옷을 입지 않고 살았어요. 하지만 부끄럽지 않았어요. 왜냐하면 죄가 없는 깨끗한 마음을 가졌기 때문이에요. 우리가 부끄러운 것은 죄가 있기 때문이죠. 그런데 그들의 마음속에 죄가 들어오자 자신의 벌거벗은 모습을 보고 부끄러웠어요. 그래서 풀숲에 숨었어요. 하나님은 이 사실을 알고 슬프셨지만, 그들을 위해 동물을 잡아서 가죽을 벗겨 그것으로 가죽옷을 입혀 주셨어요. 사랑의 하나님이시죠. 그래서 아담과 하와의 부끄러운 알몸을 감추어 주셨어요.

여러분! 이것은 무엇을 뜻할까요? 아담의 후손인 모든 사람은 그 이후로 모두 죄인이 되었어요. 그래서 가장 부끄러운 죄, 남을 미워하고, 친구에게 욕하고, 도적질하고, 텔레비젼에서 보면 안되는 장면을 보기 좋아하고, 욕심을 부리고 거짓말을 하게 된 것이에요. 하지만 예수님께서는 그런 우리에게 죄를 씻는 방법을 알려주셨어요. 바로 죄 없으신 예수님을 대신 죽게 하신 것이에요. 만일 예수님께서 우리대신 십자가에 못 박혀 죽지 않으셨다면 우리는 영영 하나님께로 갈 수도 없고, 무섭고 더러운 지옥에 갈 수밖에 없었어요. 아담과 하와의 부끄러운 모습을 감추기 위해 동물이 희생된 것처럼, 선생님과 여러분의 부끄러운 죄를 씻어주시기 위해 예수님이 희생되셨어요. 그래서 그 예수님을 믿고 영접하기만 하면 우리 모두 아름다운 하나님의 나라로 갈 수 있는 거예요.

예화

영석이라는 사람이 있었어요. 그런데 영석이가 길을 가다가 그만 교통사고로 두 눈을 잃고 말았어요. 실명하게 된 거죠. 이제 앞을 못 보게 되었어요. 얼마나 마음이 아팠을까요. 그 사람은 날마다 울면서 앞을 보지 못하는 것 때문에 너무 슬펐어요. 그런데 어느 날 의사가 수술을 한 번 해 보자고 했어요. 잘하면 한쪽 눈은 볼 수 있다는 거예요. 그래서 영석이는 다음날 수술실에 들어갔어요. 몇 시간이 지난 후에 수술이 끝나고 드디어 눈에서 붕대를 풀게 됐어요. 아니 그런데 이게 어찌된 일일까? 앞이 보였을까요? 안 보였을까요? 그래요. 희미하지만 앞이 보였어요. 한쪽 눈이 생긴 것이었어요. "엄마! 엄마! 엄마 어디 계세요" 하고 영석이가 말하자 고개를 숙이고 있던 엄마가 영석이를 바라보았어요. 그런데 이게 어찌된 일일까? 사랑하는 엄마의 눈이 한쪽밖에 없잖아요. 여러분 어떻게 된 걸까요? 그래요. 엄마는 사랑하는 아들에게 한쪽 눈을 빼 준 것이었어요. 영석이가 볼 수 있었던 것은 엄마가 한쪽 눈을 주셨기 때문이에요. 영석이와 엄마는 끌어안고 함께 엉엉 울었어요.

결론

여러분! 우리 엄마, 아빠는 우리 친구들을 많이많이 사랑하세요. 그런데 그 엄마 아빠보다 여러분을 더 사랑하는 분은 예수님이에요. 예수님은 한쪽 눈뿐이 아니라 생명까지 주셨어요. 우리를 위해 모든 것을 주셨어요. 그런데 우리는 그 예수님께 감사하지 못하고 불평하고 교회에도 잘 나오지 않고 기도도 잘 안해요. 이런 모습을 볼 때, 우리 예수님은 얼마나 슬프실까요?

자, 이제 우리 두손 모으고 무릎꿇고 예수님께 기도해요. "예수님! 우리를 위해 대신 십자가에 죽어주셨으니 감사합니다. 우리의 죄를 용서해 주셔서 감사합니다. 예수님! 이제 우리 착하게 살겠어요. 부모님 말씀도 잘 듣고 친구들과도 싸우지 않고 욕심부리지 말고 양보하며 정직하게 사는 제가 되겠어요. 예수님! 저를 도와주세요."

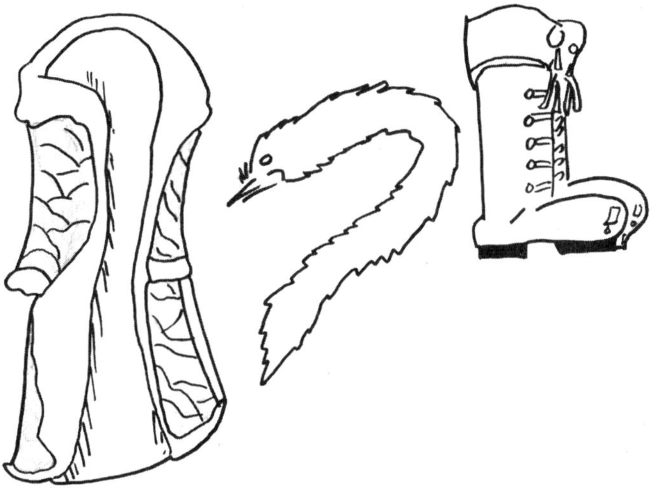

20
이스라엘

주제: 승리
본문: 창세기 32:27-28

그 사람이 그에게 이르되 네 이름이 무엇이냐 그가 가로되 야곱이니이다. 그 사람이 가로되 네 이름을 다시는 야곱이라 부를 것이 아니요 이스라엘이라 부를 것이니 이는 네가 하나님과 사람으로 더불어 겨루어 이기었음이니라

도입

우리 친구들은 자기 이름의 뜻을 알고 있나요? 한번 물어보겠어요. 은미. 은미라는 이름의 뜻은 무엇인가요? 기쁨이는 왜 부모님들이 이름을 기쁨이라고 지었을까요. 아마 '늘 기쁘고 밝게 살아라' 라고 해서 그런 이름을 지어주신 것이 아닌가 싶어요.

이처럼 우리에게는 누구나 다 이름이 있는데, 그 이름의 뜻이 있어요. 그럼 오늘 주보에 나와 있는 '이스라엘' 이란 이름의 뜻은 무엇일까요. 이스라엘은 본래 누구의 이름이었을까요?

본론

오래 전에 야곱이란 사람이 살았어요. 야곱은 쌍둥이 형이 있었는데 '에서' 라는 형이었어요. 에서는 사냥을 하는 사람이었고, 야곱은 목동이었어요. 하루는 형 에서가 사냥을 하고 돌아와서 배가 무척 고팠어요. 그런데 마침 야곱이 팥죽을 쑤고 있는 것이었어요. "야, 그 팥죽 한그릇만 줄래?" "그럼 나한테는 무얼 줄건데? 그래. 형의 그 장자권을 줘." "그래. 그까짓거 배고픈데 무슨 필요냐.

너 가져라." 팥죽을 얻어먹은 에서는 동생에게 하나님이 주신 장자권이라는 큰 축복을 팔아버렸어요. 사실 야곱도 못된 사람이죠. 한그릇 형에게 줄 수도 있는데 꼭 무얼 받고 파는 것이 너무한 것 같아요. 본래 '야곱'이라는 이름의 뜻은 '야비한 자', '속이는 자'라는 안좋은 뜻이 있어요. 이처럼 그의 행동도 좋지 못했어요. 하지만 오늘 본문에 보니까 야곱이 새이름을 받았죠. 그 이름이 바로 '이스라엘'이란 이름이에요. 이스라엘이란 뜻은 '하나님과 겨루어 이겼다'라는 뜻이에요. 과연 야곱은 무엇과 싸워 이겼기 때문에 이러한 이름을 받았을까요?

첫 번째는 마귀(칠판에 그리거나 그림을 보여준다)예요. 어때요. 으시으시하죠. 마귀는 우리의 원수예요. 그들은 우리를 지옥으로 데리고 가기 위해 온갖 나쁜 일을 하죠. 눈에는 보이지 않지만, 병이 나게도 하고, 교통사고를 일으키기도 하고, 싸움을 걸기도 해요. 마귀가 가장 좋아하는 것은 '죄'라는 것이에요. 그래서 우리가 죄를 짓도록 하고 죄를 짓는 모습을 보면 좋아서 "깔깔깔" 웃고, 손뼉을 치죠.

이런 마귀를 이길 수 있는 방법은 무엇일까요. 그것은 바로 선을 행하는 거예요. 선이란 하나님의 말씀이에요. 하나님이 기뻐하는 착한 행실을 통해 하나님께 영광을 돌리는 것, 그것이 마귀를 이길 수 있는 가장 좋은 방법이죠.

두 번째로 우리가 싸워 이겨야 할 것은 세상이에요. 따라서 해 볼까요. "세상!" 세상은 바로 이런 것들이에요. 오락, 텔레비젼… 우리 친구들, 가수 좋아하죠. 강타, SES, god 등등 우리를 유혹해서 하나님을 잊어버리고 내 맘대로 살게 하는 것들이 바로 세상이에요. 먹고 싶으면 먹고, 자고 싶으면 자고, 보고 싶으면 보고, 사고 싶으면 살 수 있는 것이 세상이죠. 세상에는 하나님보다 더 좋게 보이는 것들이 아주 많아요. 그래서 어떤 친구는 주일 아침 만화를 보기 위해 교회에도 나오지 않고, 친구 생일파티에 가기 위해 예배에 빠지죠. 이것은 세상에 진 모습이에요. 그럼 어떻게 세상과 싸워 이길 수 있을까요?

절제하는 것이에요. 하나님보다 더 좋아하는 것들이 있다면 포기하고, 가장 먼저 하나님의 것을 우선시하는 생각이 필요해요. 맛있는 반찬이 없다할지라도 짜증내는 것이 아니라 감사하는 어린이, 오락에 빠져서 밤새도록 컴퓨터나 PC방에 가 있는 것이 아니라 성경 한장을 읽고 기도하는 어린이. 이런 모습이 바로 세상을 이기는 모습이에요.

세 번째로는 거칠고 힘든 환경이에요. 우리 친구들 중에 혹시 부모님이 술을 드시는 분이 있나요? 혹시 엄마나, 아빠가 안계신 어린이가 있나요. 몸이 아픈 친구, 공부를 해도 성적이 안 오르는 친구도 있을 거예요. 이런 모든 것들은 좋은 환경이 아니라 어렵고 힘든 환경이에요. 우리는 바로 이런 것들을 극복하고 이겨야 해요.

예수님도 배고프시고, 돌팔매질도 당하고, 많은 어려운 환경 가운데서 잘 참으시고 인내하셨어요. 이것이 바로 어려운 환경을 이기는 모습이에요. 그러므로 우리는 이러한 어려움들을 잘 극복할 수 있도록 도와달라고 하나님께 기도해야 해요. "왜 나한테만 이런 어려움이 있는거야. 하나님은 왜 내 기도를 안 들어주시는 거야!"하고 짜증내는 것이 아니라 오래 참고 꾸준히 기도하는 태도가 중요해요. 그리고 "하나님, 감사합니다. 이 어려움을 통해 제 믿음이 자랄 수 있도록 도와주세요."하고 기도한다면 하나님은 무척 기뻐하실거예요.

결론

여러분, 우리는 천국에 가면 모두 새이름을 받는답니다. 지금은 모르지만 하나님께서 우리에게 붙여주실 이름이 반드시 있어요. 그 이름은 너무나 자랑스러운 이름이죠. 그러므로 우리는 이 땅에서 마귀와 세상과 어렵고 힘든 세상과 싸워 이겨야 해요. 그것은 하나님의 말씀을 실천하고 절제하며 기도하는 가운데 가능하다고 배웠어요. 야곱이 이 모든 것들로 인해 승리하고 '이스라엘'이란 이름을 받은 것처럼, 우리 어린이 여러분도 싸워 승리하는 모든 친구들 되시길 예수님의 이름으로 기도합니다.

익은 열매가 되어요

주제: 성장

본문: 마가복음 4:28-29

땅이 스스로 열매를 맺되 처음에는 싹이요 다음에는 이삭이요 그 다음에는 이삭에 충실한 곡식이라 열매가 익으면 곧 낫을 대나니 이는 추수 때가 이르렀음이니라

도입

여러분! 이 소리가 무슨 소리죠? 어디서 노래 소리가 들리는 것 같아요.(귓가에 손을 갖다 대고, 듣는 흉내를 낸다.)(그림을 이용하여 구연동화식으로 이야기를 전개하면 좋다.)

"기쁜 날 좋은 날 우리에게 햇빛을 보내주신 날. 정말 좋아. 정말 좋아. 정말 좋아. 햇님은 정말 좋아."(파이디온 선교회, 2001년 여름 성경학교 찬양 중 '기쁜날 좋은 날' 개사)

아, 무슨 소리인가 했더니 뜨거운 태양아래 밤돌이가 노래를 부르고 있는 소리였어요. "흥, 야! 조용히 해. 햇빛이 뭐가 좋다고 노래는 노래니? 난 저 뜨거운 태양이 싫단 말야."

"밤순아, 왜 그래? 햇님은 우리에게 빛을 주셔서 우리가 그 햇빛을 받고 무럭무럭 토실토실 이렇게 자랄 수 있잖아. 봐, 난 벌써 몸이 통통해졌어. 알통도 나왔는 걸. 이제 머지않아 잘 익은 알밤이 되면 착하신 농부 아저씨가 와서 나를 데려 가실거야."

"싫어 싫어. 암튼 난 뜨거운 햇빛이 싫단 말야!

그래서 밤순이는 해님이 찾아오면 얼굴을 찡그리고 그 햇빛을 안 받으려고 밤가시 속으로 자꾸만 숨었어요.

"영차영차! 아, 이제 산에 다 올라왔군. 어디 우리 밤이 얼마나 익었나 볼까?" 자, 여러분, 누굴까요? 맞아요. 농부가 오신거예요.

농부 아저씨는 가만히 밤나무를 살펴보았어요. 아주 토실토실 잘 익은 밤이 보였어요. "우와 그 놈 참 잘 익었군." 아저씨가 본 것은 바로 밤돌이였어요. 농부는 마음이 기뻐서 그 밤을 따서 밤가시를 벗기고 바구니에 잘 담았어요. 그리고 그 옆에 있는 밤도 열어보았어요.

"으악! 이게 뭐야?" 농부는 깜짝 놀랐어요. 밤톨 속에 더러운 벌레가 생겨서 밤이 다 썩어버린 거예요. 평소에 햇빛을 받기 싫어하던 밤순이는 그만 썩어서 죽고 만 것이었어요.

본론

자, 어린이 여러분. 오늘 우리는 뜨겁지만 잘 참고 인내하며 점점 자라서 익은 열매가 된 밤돌이와, 늘 짜증만 내고 참지 못하다가 그만 벌레가 생겨 죽은 밤순이 이야기를 들었어요. 우리 친구들은 어떤 열매가 되고 싶나요?

예수님께서는 우리 모두가 밤돌이처럼 착한, 하나님 말씀을 잘 듣는 그래서 점점 믿음도 자라고 사랑도 자라서 익은 열매처럼 훌륭한 믿음의 사람이 되기를 바라세요.

오늘 성경에 보니까 밭에 씨앗을 뿌렸더니 싹이 나서 이삭이 되고 곡식이 된 다음, 잘 익은 열매가 된다고 했어요. 바로 이렇게요. 씨앗→싹→이삭→곡식→잘 익은 열매(그림을 순서대로 보여준다.) 우리도 이렇게 자라야 해요. 믿음과 사랑이 말이죠.

그럼 어떻게 하면 우리의 믿음과 사랑이 자랄 수 있을까요? 방법은 바로 말씀과 기도, 예배생활에 열심을 내는 것이에요. 어떤 친구는 툭하면 짜증내고, 욕하고 때리고 예배시간에도 장난만치는 친구가 있어요. 이 친구는 아주 믿음이 어린 친구예요. 그것은 바로 밤순이와 같은 모습이죠. 하지만 늘 참고, 겸손하고, 예배에도 절대로 빠지지 않고, 선생님 말씀도 잘 듣는 친구도 있어요. 그 친구는 밤돌이처럼 잘 자라는 친구이죠.

그런데 나중에 예수님이 오시면 어떤 친구를 데려가실까요. 그래요. 밤돌이와 같이 믿음과 사랑이 잘 익은 열매, 예수님을 가장 많이 닮은 사람을 데려가시겠죠.

결론

이제 우리 친구들도 모두 밤돌이와 같이 오래 참고, 화내지 않고, 늘 감사하며 기도하며 하나님을 찬양하는 친구가 되어서 예수님이 계신 천국바구니에 다 담겨지는 모든 친구들 되시길 바랍니다. 아멘.

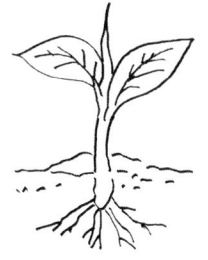

22
사순절의 참된 의미

주제: 사순절(절기설교)
본문: 베드로전서 2:11-12

사랑하는 자들아 나그네와 행인같은 너희를 권하노니 영혼을 거스려 싸우는 육체의 정욕을 제어하라 너희가 이방인 중에서 행실을 선하게 가져 너희를 악행한다고 비방하는 자들로 하여금 너희 선한 일을 보고 권고하시는 날에 하나님께 영광을 돌리게 하려 함이라

도입

(대형 십자가를 가지고 등장하여 강대상 뒤에 세워 놓는다.)

그림카드를 보여준다. 그림카드는 세 가지인데 각각 음식, 컴퓨터, 신발, 치킨, 피자 등 아이들이 좋아하는 사물과 음식이 그려져 있다. 질문: 우리 친구들 이런 것들 좋아하나요? 어떤 걸 가장 좋아하죠? (잠시 후 그림카드의 뒷면을 보인다. 그 뒷면에는 과연 무엇이 그려져 있을까? 사, 순, 절이라는 세 글자가 적혀 있다.)

뭔가 이상하지 않아요? 선생님이 왜 이런 것들을 친구들에게 보여줬을까요? 사순절과 뒤의 그림과는 어떤 연관이 있는 걸까요? 선생님과 함께 그 이유를 알아볼까요!.

본론

우리 친구들은 사순절에 대해서 들어 봤지요. 사순절은 예수님께서 부활하시기 전 40일을 가리켜요. 이 사순절은 초대교회때부터 지금까지 계속 지켜왔어요. 그래서 특별히 이 기간동안은 우리를 위해 고난받으시고 십자가에 달려 돌아가신 예수님을 기억하면서 예수님의 고난에 동참하고자 힘썼어요. 어떤 성도님은 금식을 하면서 회개기도와 절제 생활을 하기도 했어요. 밥을 안 먹고 금식하는 것, 어려울까요. 쉬울까요? (아이들) 그래요. 힘들겠죠. 그런데도 열흘씩, 아니면 20일씩 금식을 하기도 했어요.

프랜시스 성인은 40일 동안 아무도 없는 외딴섬에서 주님만을 생각하면서 금식을 하기도 했어요. 우리 교회에서 이번 사순절에 하는 게 있어요. 그것은 모든 성도님들이 이번 40일 동안 성경책을 한번 읽기로 했어요. 하루에 거의 35장씩 성경을 꾸준하게 읽는 거예요. 하루에 2시간씩 매일 꾸준하게 읽어야만 한번을 다 읽게 되는데 이것도 쉬운 일은 아니예요.

어린이 여러분, 왜 이렇게 힘들게 금식하고, 성경을 읽고, 새벽 기도회도 하려고 하는 걸까요? 그것은 오늘 우리가 읽은 말씀처럼 영혼을 거스려 싸우는 육체의 정욕을 제어하기 위해서입니다. 제어라고 하는 것은 절제하는 것을 말하는데 육체의 정욕을 절제해야 한다고 성경은 말하고 있습니다. 우리의 몸은 크게 두 가지로 이루어져 있어요. 하나는 우리의 몸이고 또 하나는 우리의 영혼이에요. 오늘 말씀을 보면 정욕은 영혼을 거스려 싸운다고 했어요. 그럼 우리의 영혼이 행하고자 하는 것이 무엇이길래 정욕이 싸우려고 하는 걸까요? 우리의 영혼이 하려고 하는 것이 무엇일까요? 1번, 범죄하며 악의 열매를 맺고자 한다. 2번, 하나님을 사랑하고 섬기려고 한다. 어떤 것이 정답일까요? (아이들). 그래요. 2번이 정답이에요.

우리의 영혼은 예수님처럼 하나님을 마음과 뜻과 정성을 다해서 사랑하려고 하는 것이 소원이지요. 그래서 때로는 찬양도 부르고 싶고, 하나님의 말씀도 읽고 싶고, 기도도 하고 싶고, 전도도 하고 싶은 마음이 생기기도 해요. 이것이 바로 우리 영혼이 하고 싶은 일이랍니다. 그런데 반대로 정욕은 그런 것을 하지 못하게 해요. 우리의 육신이 하고 싶은대로 마음껏 하게 하는 것이 정욕이에요. 하나님보다 다른 것을 더 사랑하게 해요. 하나님보다 친구를 더 사랑해요. 가족을 더 사랑해요. 잠도 더 많이 자고 싶어요. 내가 좋아하는 것만 골라서 먹어요. 좋은 것이 있으면 갖고 싶어요. 이러한 모든 것이 정욕이에요. 이러한 정욕은 하나님을 기쁘시게 해 드릴 수가 있을까요? (아이들) 그래요. 이러한 정욕은 십자가에 쾅쾅 못박아 버려야만 돼요. 그렇지 않으면 우리는 이 정욕 때문에 하나님께 죄를 짓게 돼요. 하나님을 사랑하는 어린이가 되려면 정욕을 절제해야 되요.

(TV 형제간에 서로 자기가 좋아하는 것을 보려고 싸움-형제를 사랑하지 못함. 동생이 맞고 들어옴-동생 친구를 혼내 줌-원수를 사랑하지 못함

장난감-다른 친구가 갖고 놀지 못하게 함-싸움(사이좋게 지내지 못함.)

이렇게 우리가 정욕을 십자가에 못박지 못하면 하나님의 말씀대로 행하지 못하므로 죄를 짓게 되어요. 예수님도 40일간 금식을 하시면서 우리에게 본을 보여 주셨어요. 예수님은 우리의 죄때문에 온갖 고통과 멸시를 받으셨어요. 많은 사람들이 예수님께 "네가 무슨 하나님의 아들이냐." 라고 조롱했어요. 뺨을 때리고 옷을 벗겼어요. 얼굴에 침을 뱉기도 하고 채찍으로 때리기도 하였어요. 아! 예수님이 얼마나 아프셨을까요? 예수님은 십자가에 달리셨을 때도 "하나님, 저들은 자기들의 하는 것을 알지를 못합니다. 저들의 죄를 용서해 주세요." 하면서 원수까지도 사랑을 하셨어요.

사순절은 바로 예수님이 당하신 고난을 생각하면서 그 고난에 나도 동참하는 마음으로 우리의 정욕을 철저하게 절제해보고자 노력하는 기간이에요.

간식, 밥을 적게 먹는 것, 텔레비전, 게임, 컴퓨터 하는 시간을 줄이는 것 등. 우리들이 예수님보다 더 좋아하고 아끼는 것을 절제하는 것은 쉽지 않아요. 즉 정욕과 싸우는 것은 결코 쉬운 일이 아니예요. 우리에게 아픔이 있어요. 하지만 예수님 때문에 절제한다면 예수님의 고난에 조금이라도 동참 할 수 있는 거예요.

예배 시간에 떠들지 않고 주보로 비행기나 딱지를 접지 않고 기도할 때 두눈을 꼭 감는 것, 선생님들이 분반공부를 열심히 준비해서 우리 어린이들에게 가르칠때 다른 행동 하지 않고 열심히 공부하는 것, 성경을 매일 한 장씩 보는 것 등. 이 모든 것이 다 주님의 고난에 동참하는 것입니다.

결론

어린이 여러분! 사순절이 이제 20일정도 밖에 남지 않았어요. 우리 이 남은 기간동안 만이라도 마음을 굳게 먹고 절제의 열매를 많이많이 맺도록 최선을 다해서 하나님이 기뻐하시는 사순절을 보내세요. (아이들에게 백지를 한 장씩 나누어 준 후, 자신이 못박아야 할 애정과 욕심에 속한 것을 적도록 한다. 그리고 한 명씩 나와서 핀으로 십자가에 그 적힌 종이를 못박게 한다. 모두 자리에 앉으면 선생님이 사순절을 잘 보낼수 있기를 기도한다).

형의 희생

주제 : 희생

본문 : 요한복음 12:24

내가 진실로 진실로 너희에게 이르노니 한 알의 밀이 땅에 떨어져 죽지 아니하면 한 알 그대로 있고 죽으면 많은 열매를 맺느니라.

도입

(감옥이 그려져 있는 그림을 보여준다.) 여러분, 감옥에는 누가 들어갈까요? (아이들) 그래요. 죄인이죠. 그런데 오늘은 감옥에 들어가지 않아도 될 사람이 감옥에 들어갔어요. 그 사람이 누구인지 우리 친구들 궁금하죠. 쉿! 조용히 하고 들어보세요.

본론

(그림자료 이용) 부모님이 일찍 돌아가시고 두 형제가 사이좋게 살았어요. 어릴 때는 함께 교회도 갔어요. 형은 커서 예수님의 말씀에 순종하며 그 복음을 전하는 목사님이 되었어요. 그런데 동생은 고집이 세고 흥분을 잘하고, 싸우는 것을 좋아했어요. 형은 동생을 달래보기도 하고 야단도 쳐보았지만 말을 듣지 않고 결국 집을 나갔어요. 형은 날마다 동생이 잘못된 길을 버리고 예수님께 돌아와서 행복한 삶을 살 수 있게 해달라고 날마다 기도했어요. 눈물로 동생을 위해 기도했어요. 그러던 어느 날, 집을 나갔던 동생은 결국 조폭(조직폭력)에 들어가서 함께 술을 마시며 싸우다가 칼로 다른 사람을 죽이게 되었어요. 동생의 옷에는 온통 피가 묻어있어서 누가 보아도 살인자라는 것을 금방 알아차릴 수 있

었어요. 겁이 난 동생은 경찰에게 쫓겨 결국 찾아간 집이 어디였을까요?

네, 바로 형의 집이었어요. 형은 조용히 기도하고 있었어요. 갑자기 피 묻은 옷을 입고 뛰어들어온 동생을 보고 깜짝 놀랐어요. 염려하기는 했지만 동생이 사람을 죽였다는 것을 알았지요. "형, 나 사람 죽였어. 나 좀 숨겨줘, 경찰들이 나를 찾으러 올거야. 이젠 잡히게 되면 나 죽어. 형 나 좀 살려줘." 형은 기가 막혔어요. 잠시 아무 말 없이 생각하다가 형은 급히 자기 옷을 벗어 동생에게 주고 동생의 피 묻은 옷을 자기가 입었어요. 그리고 동생을 장롱안에 숨겨주었어요. 조금 후, 쾅쾅거리며 문을 두드리는 소리가 났어요. 경찰이었어요. 경찰들은 피 묻은 옷을 입은 형을 보더니 두말할 것 없이 수갑을 채웠어요. 형은 아무 말 없이 경찰서에 끌려갔고, 결국 감옥에 갇혔어요. 감옥에 갇혀있던 형은 그때에도 계속해서 동생의 회개를 위해 기도하고 있었어요. 사람을 죽였기 때문에 그는 사형에 해당했어요. 사형선고를 받은 날이 다가오자 형은 편지를 썼어요. "○○아, 예수님께로 속히 돌아오렴, …예수님은 너를 너무너무 사랑해. 형도 너를 사랑한다."

간수가 죄수번호를 부르며 이제 사형대로 가려고 할 때 그는 간수에게 간절히 부탁했어요. 집에 편지를 전달해달라고. 그리고 그는 하나님께 조용히 감사의 기도를 드렸어요. "하나님, 저의 기도를 들어주시니 감사합니다. 이제야 예수님의 사랑이 어떤 것인가를 조금 알 것 같습니다. 저 같은 죄인을 위해 아무 말 없이 대신 죽어주신 예수님의 그 무한하신 사랑. 주님, 예수님의 그 사랑 때문에 제가 산 것 처럼, 저의 희생으로 동생이 새 사람이 되어 하나님을 기쁘게 하는 사람이 되게 하소서." 그 형은 십자가에 달리신 예수님을 바라보며 조용히 감사하며 죽었어요.

한편 편지를 받은 동생은 땅을 치며 울며 통곡했어요. 자신의 죄 때문에 형이 대신 죽은 것을 알고 자신의 가슴을 치며 애절하게 울었어요. 그리고 다시는 죄를 짓지 않겠다고 결심하며 하나님께 회개했어요. 형이 다하지 못한 일, 복음을 전하며 사람들을 주님께 인도하는 일을 이제는 자신이 하면서 새로운 삶을 살게 되었습니다.

예수님께서 십자가에 못박혀 돌아가시기 전에 이렇게 말씀하셨어요. "내가 진실로 진실로 너희에게 이르는데, 한 알의 밀이 땅에 떨어져 썩어져 죽지 않으면 한 알 그대로 있고 죽으면 수많은 열매를 맺는 것처럼, 내가 십자가에 달려 죽을 때 수많은 사람들의 영혼을 구원하게 될 것이다."

이 말씀은 한 알의 밀알이 죽어야만 수백 개의 또다른 밀을 만들어내는 것처럼, 예수님께서 우리의 모든 죄를 지시고 십자가에 죽으셔야만 수백이 아니라, 수천, 수만 세상의 모든 사람들이 용서받고 천국에 들어갈 수 있다는 뜻이에요. 그 사람들 중에 저와 여러분도 끼어 있지요.

우리가 본 것처럼 깡패였던 동생이 변화될 수 있었던 것은 어떤 힘 때문이었나요? 바로 형의 희생 때문이었어요. 아무 말 없이 대신 죽어준 형의 큰 희생 때문에 동생은 새 사람이 된 것이에요.

결론

예수님께서는 나를 구원하시기 위해 십자가에서 대신 죽어주셨어요. 이것을 허락하신 하나님의 사랑 때문에 우리가 이 자리에 앉아 있을 수 있는 것이지요. 그러므로 우리도 남을 위해 그 사랑의 빛을 갚아야 해요. 예수님이 희생하신 것처럼. 형이 동생을 위해 희생한 것처럼 말예요. 동생이 괴롭히고 방해를 해도 오래 참아주며 견디고, 좋은 장난감도 남에게 양보할 수 있는 마음, 몸이 아플 때 예수님을 생각하며 인내하는 것, 다른 사람이 하기 싫은 심부름 같은 것을 솔선수범하여 하는 것, 이런 것들이 바로 희생이에요.

이제 우리 친구들도 예수님의 희생을 따라, 그 형의 희생을 본받아 남을 사랑하며 자신의 것을 아낌없이 주는 희생의 사람이 되시기를 간절히 기도합니다.

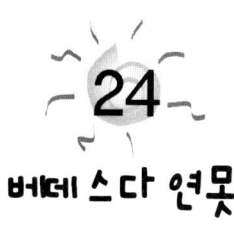

24
베데스다 연못

주제: 교회
본문: 요한복음 5:2-4

예루살렘에 있는 양문 곁에 히브리 말로 베데스다라 하는 못이 있는데 거기 행각 다섯이 있고 그 안에 많은 병자, 소경, 절뚝발이, 혈기 마른 자들이 누워 물의 동함을 기다리니 이는 천사가 가끔 못에 내려와 물을 동하게 하는데 동한 후에 먼저 들어가는 자는 어떤 병에 걸렸든지 낮게 됨이러라

도입

우리 친구들 잘 지냈어요? 오늘 하나님의 말씀은 요한복음 5장 2절에서 4절까지인데 무슨 내용일까요? 나오는 인물들이 아주 특이한 모습이에요. 선생님이 읽을게요. 누가 나오는지 잘 살펴보세요.

(아이들이 베데스다 연못에 나오는 병자들의 이름을 하나씩 부르도록 하고, 그때 설교자는 병자의 흉내를 재미있고도 실감있게 연기한다. -소경, 절뚝발이, 혈기 마른 자) 행동과 함께 병자들의 독백 한마디씩 하면 더욱 좋다. "아따, 천사가 원재 내려 올랑가. 요참에는 내가 먼저 저 연못에 들어가야 되겠는디 말여…" "소경! 웃기지 말어. 이번에는 그 누구한테도 양보 못햐. 다리가 끊어지는 한이 있더라도 내가 한번에 다이빙을 하고야 말거여." " 다들 뭔소리하고 있어! 나는 여기서 10년이 넘게 기달려 왔다구! 이젠 더 양보 못해. 그나저나 천사양반은 왜이리도 안내려오재?"

본론

여러분, 여기는 어딜까요? 저 예루살렘에 있는 베데스다 연못이었어요. 그런데 그 연못은 아주 신기한 연못이었어요. 그 연못 주변에는 소경, 절뚝발이, 피가 마르는 사람 등등 병자란 병자가 모두 모여 있었어요. 왜냐하면 이 연못에 아주 가끔 천사가 한번 내려오는데 천사가 내려와서 물이 움직이면 제일 먼저 물속에 뛰어드는 사람은 어떤 병이든 나았어요. 그래서 병자들은 서로가 그 연못에 뛰어들려고 늘 준비를 하고 있었죠.

우리 친구들, 그 베데스다 연못에 가보고 싶지 않나요? -대답을 듣는다.

선생님이 그곳을 알고 있어요. 바로 우리 ○○동에도 있거든요. 그 연못은 어딜까요? 선이야 그곳이 어디에 있을까요? 바로 ○○교회에요. "어휴 선생님, 우리는 병자가 아닌데…" 이렇게 말하고 싶나요? 아니에요. 우리의 몸은 병자가 아니지만, 영적으로 병에 걸린 친구가 많아요. 다만 우리 눈에 안보일 뿐이죠. 하지만 하나님은 우리가 어떤 병에 걸렸는지 다 알고 계신답니다.

그것은 바로 남을 미워하는 병, 시기 질투하는 병, 나만 생각하는 이기적인 병, 예배시간에 옆 친구랑 장난치고 싶은 병, 기도하는 시간에 딴 생각하고 싶어하는 병…어떤 사람은 자기가 잘못을 해 놓고도 뉘우칠 줄 모르는 아주 중병에 걸린 친구도 있어요. 또 교회 갈 시간인데 잠자리에서 일어나고 싶지 않은 병, 몸은 건강하지만 영혼이 병에 걸린 것이 더 무섭고 두렵다고 예수님이 말씀하셨어요. 왜냐하면 그것은 우리를 하나님과 멀어지게 만들기 때문이죠.

결론

하지만 우리가 어떤 병에 걸렸던지 교회에 나와서 예수님께 회개기도하면 바로 그 병을 치료할 수가 있어요. 왜일까요? 바로 예수님의 보혈로 씻는 거예요. 그 베데스다 연못은 천사가 하늘에서 내려와서 깨끗하게 해 준다고 했죠? ○○교회 연못은 예수님의 보혈로 우리를 무서운 영적인 병에서 깨끗하게 해 주시는

거예요. "와!" 우리 교회가 이렇게 신기한 연못인 줄 몰랐죠? 자, 우리 오늘부터
는 ○○교회 연못에 자주 와서 영혼을 깨끗이 씻는 착한 어린이가 됩시다.

25
사랑의 사도 요한

주제: 인물
본문: 요한복음 19:26-27

예수께서 그 모친과 사랑하시는 제자가 곁에 섰는 것을 보시고 그 모친께 말씀하시되 여자여 보소서 아들이니이다 하시고 또 그 제자에게 이르시되 보라 네 어머니라 하신대 그때부터 그 제자가 자기 집에 모시니라

도입

그림 3장을 보여준다.(최후의 만찬석상에서 예수님께 기대고 있는 요한, 십자가 밑의 요한, 부활의 주님을 만나는 요한, 밧모섬의 요한 중)

그림 속에서 예수님과 함께 등장하는 이 분은 누구일까요?

본론

오늘은 사랑의 사도로 불리는 요한 사도에 대해 함께 알아보고자 해요. 요한 사도가 어떻게 했기에 예수님을 가장 많이 사랑할 수 있었으며, 또한 예수님의 사랑을 많이 받을 수 있었을까요?

요한은 갈릴리에 사는 어부였어요. 아버지는 세베대, 형은 예수님의 또 다른 제자인 '야고보' 였지요. 요한이 사랑의 사도가 되기 전에 별명이 무엇이었을까요? 바로 우뢰의 아들이었어요. 천둥번개와 같이 급하고 사나운 성격을 가진 사람이란 뜻이지요. 이 별명에서 알 수 있듯이 예수님을 만나기 전의 요한은 아주 성격도 급하고, 사나운 사람이었어요. 또 그의 어머니 살로메는 요한과 야고보를 끔찍하게 위하면서 예수님의 좌, 우편에 앉으려는 어떻게 보면 욕심많은 분이시기도 했어요.

그런데 여러분, 요한이 어떻게 사랑의 사도가 되었을까요? 그건 바로 예수님을 만났기 때문이었어요. 사도들 중 가장 나이가 어린 요한! 그러면 예수님께서 가장 어린 사람이기 때문에 많이 사랑하셨을까요? 그건 아니에요. 요한이 예수님께 사랑받은 이유는 요14:15의 "너희가 나를 사랑하면 나의 계명을 지키리라"고 하신 말씀처럼 예수님의 말씀을 잘 따라서 실천하는 삶을 살았기 때문이에요. 또 예수님을 얼마나 사랑했는지 사마리아 땅에 갔을 때 사마리아 사람들이 예수님을 지나가지 못하게 하니까 급하게 나서서 "예수님 우리가 하늘에 명하여 불을 내리게 할까요?" 하면서 예수님을 도우려고 했지요. 물론 잘한 것은 아니에요. 후에 예수님께 꾸중을 들었으니까요. 하지만 사랑하지 않으면 예수님이 사마리아 사람들에게 맞든지 말든지 뭐 상관할게 있겠어요.

그뿐이 아니었어요. 조금 전에 이 그림 보았죠?(십자가 밑의 요한) 예수님께서 십자가에 못박혀 돌아가실 때 예수님의 12제자 중에서 십자가 밑에까지 따라가서 예수님의 고통을 함께 나누신 분은 사도 요한뿐이었어요. 그래서 예수님은 사랑하시는 어머니 마리아님을 요한에게 "요한아 이제부터 너의 어머니시다."라고 하면서 사도요한에게 부탁하셨답니다.

예수님은 언제나 말없이 시키는 대로하면서 예수님의 곁을 떠나지 않는 요한이 너무도 사랑스러워셨어요. 그래서 병자들이 있는 곳에도, 기적을 일으키는 자리에도, 그리고 고통을 당하시는 자리에도 언제나 사도 요한을 데리고 다니셨어요. 요한도 예수님과 함께 다니는 것이 무척 좋았지요. 우리들도 엄마가 좋아서 시장도 따라가고, 친척집도 따라가고 하는 것처럼. 자, 그렇다면 이렇게 예수님의 곁을 떠나지 않고 계속 따른 제자, 요한은 어떻게 되었을까요?

1. 먼저는 우뢰의 아들이라는 별명은 온대간대 없이 사라지고 '사랑의 사도' 라는 아주 멋진 별명을 받았어요. 이것은 예수님의 놀라운 사랑의 힘이었어요.

"원수까지 사랑하라. 오리를 가자면 십리까지 동행하라, 겉옷을 가지고자 하는 자에게는 속옷까지 주어라." 생각해 보세요. 언제나 예수님의 곁에서 듣고, 보고, 배운 것이 다 아름다운 사랑의 실천과 인내, 온유, 겸손, 용기, 정직…모두 이런 것들이었어요. 예수님께서 이 세상에서 여러 가지 기적을 행하셨지만 그 중에서도 가장 아름다운 기적은 사람들의 나쁜 성격을 변화시키시는 기적이에요. 다시 말해서 지옥적인 성격들이 천국적인 성격으로 변한다는 것이지요. 그 기적은 지금도 우리 안에서 이루어지고 있어요.

2. 그리고 요한은 예수님의 어머니를 자신의 어머니로 모시는 영광을 얻었어요. 다시말해서 정말 귀한 예수님의 어머니셨던 그분이 요한의 어머니가 된 것이에요. 이것은 너무나 큰 축복이죠.

3. 세 번째로 요한이 얻은 것은 인류의 역사를 운영하시고 심판하실 계획을 담은 요한 계시록을 기록하는 영광을 얻었다는 사실이에요. 앞으로 이 세상이 어떻게 될 것이라는 예언을 담은 요한 계시록, 이것은 아무에게나 보여주는 것이 아니지요. 그래서 하나님은 요한을 선택하셨고, 그에게 하나님의 계획을 미리 보여주신 것이랍니다.

결론

예수님을 너무도 사랑해서 모든 것을 버리고 예수님을 따랐던 요한, 그는 우레와 같았던 조급한 성격을 버리고, 인내와 사랑으로 변화되어 후에 사도중의 사도로서, '사랑의 사도' 라는 명칭을 얻었습니다. 또한 하늘 높이 하나님의 보좌 가까이에서 영원한 기쁨과 행복 속에서 살아갈 수 있는 영광도 얻으셨구요.

우리 친구들도 사도 요한과 같이 변화되는 예수님의 기적을 원하나요? 그렇다면 좀 더 열심히 기도해요. 그리고 예수님을 본받아 살려고 노력해야해요. 그래서 우리 모두 변화되어 천국에서 많은 상을 받는 친구들이 되어요.

26
성장하는 어린이

주제: 성장

본문: 에베소서 4:13

우리가 다 하나님의 아들을 믿는 것과 아는 일에 하나가 되어 온전한 사람을 이루어 그리스도의 장성한 분량이 충만한 데까지 이르리니

도입

(작은 바지를 직접 가지고 나와서 어린이들에게 보여주며) 어린이 여러분, 이 바지가 누구 바지인줄 아세요? 철이의 바지일까요? 아니예요. 이 바지의 주인공은 바로 요한이랍니다. (그림을 보여주며 요한이의 이야기를 들려준다.)

본론

요한이는 작년에 입던 바지가 적어서 입을 수가 없었어요. 엉덩이도 꽉 쪼이고 길이도 짧고 아주 우스꽝스러웠어요. 그걸 보시고 있던 엄마는 "아유! 우리 요한이가 어느새 이렇게 컸구나." 하시며 기뻐하시는 것이었어요.

새로 바지를 사주려면 돈이 들고 돈을 벌려면 엄마 아빠가 많은 수고를 하셔야 하는데 오히려 기뻐하시는 것이었어요. 또 작년에는 겨우 한글을 떠듬떠듬 읽던 요한이가 올해는 "좔좔좔" 동화책도, 성경책도 술술 잘 읽는 거예요. 요한이의 엄마, 아빠는 요한이의 머리를 쓰다듬어주며 너무너무 좋아하시는 것이었어요. 그리고 작년에는 구구단을 잘못 외웠는데 지금은 "2x1=2, 2x3=6" 구구단도 잘 외우고 곱하기 나누기까지 아주 잘 하는거예요.

또 있어요. 작년에는 늦잠꾸러기였는데 올해는 일찍 일어나서 엄마, 아빠를 도와드리는 거예요. 요한이 엄마 아빠는 얼마나 기뻤는지 몰라요. 요한이는 키도 크고, 공부도 작년보다 더 잘하고, 더 부지런해져서 부모님 말씀도 잘 듣는 어린이로 성장한 거예요.

그뿐만 아니예요. 작년에는 주기도문도 잘못 외우고 교회도 가기 싫어했는데 지금은 아침에 일어나면 맨 먼저 주기도문을 외우고 식사할 때나 간식 먹을 때 꼭 하나님께 감사의 기도를 하고 먹는 어린이가 되었어요. 그리고 지난번에는 친구에게 전도를 해서 교회에 같이 나왔어요. 요한이는 이렇게 "믿음도 쑥쑥! 몸도 쑥쑥!" 자랐어요.

하나님께서는 이렇게 성장하는 어린이를 예뻐하시고 사랑한답니다. 그런데 한달이 되어도 그대로, 1년이 되어도 그대로 작년과 같이 자라지 않고 있으면 부모님 마음이 얼마나 안타까우실까요?. 특히 하나님께서는 아이들의 단계, 청년의 단계, 아비들의 단계, 이렇게 단계별로 우리의 신앙이 점진적으로 성장하기를 원하십니다.

히브리서 5장 13절에서 14절을 보면, "대저 젖을 먹는 자마다 어린아이니 의의 말씀을 경험하지 못한자요, 단단한 식물은 장성한 자의 것이니 저희는 지각을 사용하므로 연단을 받아 선악을 분변하는 자들이니라."고 하였어요.

어릴때는 젖을 먹지만 우리 친구들처럼 씩씩한 어린이는 밥, 치킨, 피자 등을 먹을 수 있을만큼 몸이 성장했어요. 이처럼 하나님께서는 우리 영혼도 예수님을 닮기까지 '쑥쑥' 자라기를 바라고 계세요.

예화

우리나라에 위대한 목사님이 계셨는데 '이용도 목사' 님이셨어요. 목사님은 어릴적 집안이 아주 가난하여 많은 고생을 하셨어요. 엄마는 예수님을 잘 믿는 분이었어요. 하지만 아버지는 술만 마시면 집에 들어와서는 엄마를 때리고 핍박을 했어요. 그래서 엄마는 어린 용도가 보는 앞에서 양재물을 먹고 죽으려고 하기도 했어요. 때로는 엄마가 병중에 계시자, 배고파 우는 누이동생에게 젖을 얻어 먹이려고 이집 저집 젖동냥을 다녔어요. 용도는 배고파 우는 동생을 업고 함께 울면서 굶을 때도 많았어요. 너무 가난해서 어릴적부터 부모님의 살림을 돌보며 일을 했고, 밤에는 엄마를 따라 울면서 밤새도록 기도를 했어요. 용도는 엄마를 따라 교회에도 열심히 다녔어요. 용도는 낙심하지 않고 하나님을 더욱 믿고 의지하여 신앙이 높이 높이 성장하게 되었어요. 그래서 어떻게 되었을까요? 아주 훌륭한 목사님이 되셨어요. 이용도 목사님이 가는 곳에는 많은 사람이 몰려왔고, 자신의 죄를 깊이 회개하는 역사가 일어났어요. 하나님의 위대한 일꾼이 되신 것이죠.

결론

어린이 여러분! 어려운 환경이 닥쳐와도 이용도 목사님처럼 열심히 기도하고 인내하면 그 속에서 우리의 믿음(신앙)이 더 빨리 성장한다는 것을 알아야 해요.

믿음은 그냥 자라는 것이 아니라 예수님처럼 하나님의 말씀을 따라 열심히 살아갈 때, 기도도 열심히, 찬송도 열심히, 전도도 열심히 할 때 자란다는 것을 잊지 마세요. '선생님, 저도 믿음이(신앙이) 많이 자라고 싶어요.' 하는 친구가 있나요? 그렇다면 이용도 목사님처럼 열심히 기도하는 우리 친구들 되시길 바래요.

27
열매맺는 어린이

주제: 성령의 열매

본문: 갈라디아서 5:22-23

오직 성령의 열매는 사랑과 희락과 화평과 오래 참음과 자비와 양선과 충성과 온유와 절제니 이 같은 것을 금지할 법이 없느니라

도입

(그림 제시) 한 나무에 사과, 배, 바나나, 복숭아, 감 등등 여러 가지 열매가 함께 열려있는 그림을 아이들에게 보인다. 우리 친구들 이런 나무 본 적 있나요? 참 이상하죠? 한 나무에 여러 가지 열매가 맺힐 수 있을까요? 있을 수 없는 일이죠. 그러나 이런 일이 있는 곳이 있어요. 바로 천국이죠. 천국에는 12종류의 과실들이 맺혀있답니다.

그런데 오늘 성경말씀에 보니까 성령님도 우리들 안에서 열매를 맺는다고 말씀하고 계셔요. 무슨 열매일까요?

본론

어느 날 예수님께서 제자들과 함께 베다니라는 곳에서 주무시고 이른 아침, 성으로 들어오게 되었어요. 아니 그런데 이게 무슨 소릴까? "꼬르륵" 무슨 소릴까요. 이것은 예수님 뱃속에서 나는 소리였어요. 예수님이 배가 고프셨던 거예요. 복음을 전하며 이곳저곳을 다니시다가 식사시간도 잊어버리셨던 거죠. 그런데 마침 그곳에 커다란 무화과나무가 있었어요. 아니 그런데 이게 어찌된 일일까. 무화과나무에 열매는 하나도 안 열리고 잎사귀만 무성한 거예요. 이렇게

요.(그림 제시) 그러자 예수님께서 이렇게 말씀하셨어요. "이제부터 너는 영원토록 열매맺지 못하리라" 누구에게 한 말이에요. 바로 무화과나무에게 그렇게 말씀하시는 것이었어요. 나무가 귀가 있어서 그 말을 들었을까요? 글쎄요. 그런데 정말 신기한 일이 벌어졌어요.

잠시후에 다른곳에 제자들과 함께 갔다가 이곳에 다시 와서 보니까 정말 그렇게 싱싱했던 나무가 시들시들하게 정말 죽어버린 거예요.(죽은 나무 그림) 예수님은 왜 그러셨을까요? 사실은 우리들이 깨닫도록 그런 능력을 행하신 거예요.

예수님은 우리 친구들에게 이렇게 말씀하세요. "열매맺는 어린이가 되어라!" 무슨 말씀일까요? 정말 우리의 팔에서 몸통에서 머리에서 열매를 열리게 하라는 걸까요? 아니죠. 어떤 열매인지 한 친구가 갈라디아서 5:22-23을 크게 읽어주세요.

우리는 예수님이 보실 때 나무와 같아요.(나무 그림). 그런데 어떤 친구의 나무는 열매를 하나도 맺지 않고 잎만 가득하고, 또 어떤 친구는 아름답고 싱싱한 열매를 날마다 맺는 친구가 있어요.

자, 그게 어떤 열매인지 한번 볼까요?

(융판자료 이용: 나무그림에 열매를 성령의 열매가 쓰여진 열매를 하나씩 붙이며 설명) 함께 따라 읽어봐요.

"사랑의 열매" 남을 이해하고 용서하고 도와주고 이런 것들이 사랑의 열매죠. "온유의 열매" 친구가 나를 괴롭혀요. 죽이고 싶을 정도로 미울 때도 있어요. 그때 함께 때리고 욕하고 싸우는 어린이는 예수님이 정말 싫어하는 행동을 하는 거예요. 이때는 온유하고 겸손하게 조용히 그 친구를 위해 기도하고 그 자리를 피하는 것 이게 바로 온유의 열매를 맺는 것이에요.

또 화평의 열매는 어떤 것인가요? 친구나 오빠가 내 친구를 괴롭혀요. 또 길거리에서 친구들이 싸우는 모습을 보았거나 학교에서 왕따시키는 것을 보았어요. 이때 친구를 도와주고 그를 위로하며 싸움은 말리고 화해하도록 도와주는 것, 이것이 바로 화평의 열매를 맺는 모습이랍니다.

결론

우리 예수님은 우리 어린이들에게 정말 간절히 바라시는 것이 있어요. 그것은 날마다 교만, 포학, 질투같은 죄의 열매를 맺는 것이 아니라 사랑, 온유, 화평, 인내같은 성령의 열매를 맺어가는 것이에요.

날마다 욕하고 싸우고, 때리고 이런 죄의 열매를 맺는 친구는 어떻게 될까요? 찍혀 불에 던져 넣는다고 말씀하셨어요. 바로 무시무시한 지옥불에 넣는 거예요. 그 지옥에서 친구는 영원히 벌을 받고 슬피 울겠죠. 하지만 성령의 열매를 맺으려고 지금도 노력하는 어린이에게는 천사님이 도와주실 거예요. 천사님은 이 사실을 잘 보고 있다가 예수님께 모두 말씀드린답니다. 그럼 예수님은 그 친구에게 줄 상을 준비해 놓고 기다리시겠죠.

우리 교회 친구 모두는 이런 아름답고 깨끗하고 선한 열매를 많이 맺는 어린이들이 다 되시기를 예수님의 이름으로 기도합니다. 아멘.

28
예수님을 배반한 가룟 유다

주제: 인물

본문: 요한복음 12:1-6

… 마리아는 지극히 비싼 향유 곧 순전한 나드 한 근을 가져다가 예수님의 발에 붓고 자기 머리털로 그의 발을 씻으니 향유 냄새가 집에 가득하더라 제자 중 하나로서 예수님을 잡아 줄 가룟 유다가 말하되 이 향유를 어찌하여 삼백 데나리온에 팔아 가난한 자들에게 주지 아니하였느냐 하니 이렇게 말함은 가난한 자들을 생각함이 아니요 저는 도적이라 돈궤를 맡고 거기 넣는 것을 훔쳐 감이러라

도입

(테이프-「증인들의 고백」-기독교백화점에서 구입-에서 가룟유다의 고백을 잠시 들려준다.)

자, 누구죠? 어떤 사람이지요? 예, 오늘은 바로 가룟유다! 그는 어떤 사람인가 함께 알아보도록 할까요.

본론

예수님의 12제자 중의 하나인 가룟유다는 똑똑하고 명석했어요. 그리고 성경에는 나와있지 않지만 전해오는 말에 의하면 아주 잘 생기고 집도 부자였답니다. 그래서 예수님은 유다에게 돈을 관리하도록 회계를 맡기셨어요. 부족할 것이 없는 유다는 꿈이 있었어요. 세상에서 아주 유명하고 권세있는 사람이 되고 싶은 꿈이요. 그런 꿈을 가진 유다에게 갈릴리 나사렛에서 온갖 기적을 행하시는 예수님의 소문은 너무너무 신나는 소문이었답니다.

"음, 그래. 예수님의 제자가 되는 거야. 예수님이 메시야라면 이 나라의 왕이 될 거니깐, 그럼 난 이 나라에서 아주 높은 자리를 차지할 수 있어!" 유다는 이런 생각을 가지고 예수님을 찾아갔어요. "주님, 저를 제자로 받아주십시오." 예수님은 그런 유다의 마음을 아시면서도 그를 제자로 받아주셨어요.

이렇게 예수님을 찾아온 유다가 어떻게 하다가 예수님을 배반하게 되었을까요?

그건 첫째, 자신이 높아지려던 것이 이루어질 수 없다는 것 때문이었어요. 유다는 예수님이 이스라엘의 왕이 되면 다시 말해서 예수님이 이스라엘의 대통령이 되면 자신은 국무총리 또는 무슨 장관이라도 될 수 있을 거라는 기대를 많이 했었거든요. 그런데 예수님은 이스라엘의 대통령에는 관심이 없으시고, 매일 하시는 말씀이 "원수도 사랑해야 한다. 높아지고자 하는 자는 낮아져야 한다." 그리고 "이제 곧 내가 십자가에 못박혀 죽을 것이다." 이런 말씀만 하시는 거예요. 유다는 "그래. 내가 잘못 생각한 거야. 예수님은 이스라엘의 왕이 될 수 없어!" 예수님께 실망한 유다는 스스로 예수님께 속았다는 생각이 들었어요. 그래서 은 30냥에 예수님을 팔기로 결심을 한 거지요. 자신의 이익을 위해 예수님을 이용해 먹으려고 했던 유다는 영원한 나라의 왕이신 예수님을 알아보지 못하고 그렇게 배반을 한 거예요.

유다가 예수님을 배반한 두 번째 이유는 돈에 대한 욕심 때문이었어요. 유다는 부유하게 살았어요. 그래서 돈을 방탕하게 사용하는 사람이었죠. 그런 그가 예수님께서 전도할 때 돈이나 아무것도 가지고 다니지 말라고 하시니 얼마나 답답했을까요. 돈을 쓰고 싶은 욕망이 유다의 마음에 가득했을 거예요. 이렇게 돈에 대한 욕심이 많은 유다가 회계를 맡았으니 얼마나 유혹을 많이 받았겠어요. 그러던 어느 날부터 유다는 조금씩 조금씩 예수님의 돈을 훔쳐서 사용하기 시작했어요. 처음엔 아주 작은 돈이었지만 시간이 지날수록 점점 많은 돈을 훔치기 시작했어요. 오늘 본문 말씀 6절에도 보면 요12:6에 "저는 도적이라 돈궤를 맡고 거기 넣는 것을 훔쳐 감이러라"라는 말씀이 있지요? 얼마나 무서운 일이에요. 하나님의 것을 도적질 하다니… 결국은 예수님도 은 30냥에 팔았잖아요. 아마도 처음엔 대수롭지 않게 생각했을 거예요. 그런데 그 도둑질이 습관이 돼서 나중에 하나님의 아들을 팔아 버리는 배반을 하게 된 것이지요. 우리들에게도 이런 악한 습관이 있지요? 욕하는 것, 거짓말하는 것, 슬쩍 돈을 훔치는 것, 별거 아니니깐 하면서 그냥 넘어가서는 안돼요. 우리나라 속담에 '바늘 도둑이 소 도둑 된다'는 말이에요. 이 말은 가룟유다와 같은 사람을 가리켜 말하는 거예요. 거짓말 때문에 예수님을 배반하게 되면 어떻게 해요?, 욕하면서 천국갈 수 있겠어요? 절대로 갈 수 없어요. 지금부터 내게 어떤 나쁜 습관이 있는가 잘 살펴보세요. 그리고 그 습관을 고치기 위해 예수님께 기도드리며 최선을 다해야해요.

자, 우리 친구들! 그렇다면 예수님을 배반한 가룟유다는 결국 어떻게 되었을까요? 자기가 팔아버린 예수님이 잡혀가시는 것을 본 가룟유다는 마음이 괴로웠어요. 뭐가 옳은건지, 나쁜건지도 모르고 행동한 자신이 너무 미웠어요. 그래서 자신이 받은 은 30냥을 다시 대제사장에게 내던지고는 미친 사람처럼 뛰쳐나갔어요. 그리고는 마태복음 27장 3절에서 10절에 보면, 스스로 목을 매어 자살하고 말았어요. 예수님께 용서를 빌고 뉘우치며 회개했으면 좋았을 것을 스스로 비관해서 자살한 거예요. 마귀에게 자신의 영혼을 팔아버린 거지요. 그후 목을 매 자살한 가룟유다의 시체는 땅에 떨어져 창자까지 흘러나오는 끔찍한 심판을 받게 되었답니다.

몸만 이렇게 죽었을까요? 그의 영혼은 어떻게 되었을까요. 예수님을 배반한 그는 지옥의 가장 깊은 곳에서 가장 참혹하게 영원히 고통을 당하고 있는 거예요. 정말 두려운 일이지요.

결론

어린이 여러분, 우리는 어떤가요? 가룟유다를 욕하면서도 은연중에 가룟유다와 똑같은 행동을 하고 있지는 않나요? 자신을 살펴보세요. 내 입에서 욕이 나오지 않는가! 거짓말을 너무 쉽게 하면서도 회개조차 하지않고 있지는 않은지! 우리 이시간 함께 기도해요. 진실한 마음으로 회개하면 하나님은 반드시 용서해주신답니다. 지금까지 가룟유다와 같았던 자신의 모습을 찾아 함께 기도하고 그렇게 되지 않도록 도와달라고 예수님께 기도하겠습니다.

오늘 내가 네 집에 유하리라

주제: 예수님

본문: 누가복음 19:1-10

…예수께서 그곳에 이르사 우러러 보시고 이르시되 삭개오야 속히 내려오라 내가 오늘 네 집에 유하여야 하겠다 하시니 급히 내려와 즐거워하며 영접하거늘 뭇사람이 보고 수군거려 가로되 저가 죄인의 집에 유하러 들어갔도다 하더라 중략

도입

어린이 여러분, 오늘 말씀의 주인공은 누굴까요? 바로 이런 사람이에요.

(그림 3장을 어린이들에게 제시한다.-1. 세탁기에 몸의 상체가 들어간 상태에서 발을 동동 구르는 모습, 2. 전철 안에서 사람들의 등만 바라보며 답답해하는 모습, 3. 높은 문 꼭대기의 열쇠가 닿지 않아 발뒷꿈치를 올리고 어려워하는 모습)

이 사람들의 특징은 무엇일까요? 맞아요. 키가 작죠. 오늘의 이야기는 바로 키작은 삭개오에 대한 이야기예요.

본론

어느 날 삭개오 아저씨가 사는 동네에 큰 소동이 났어요. "아, 이봐 예수님이 이곳에 오신데…" "뭐라고? 예수님께서 여기에 오신단 말야?" "그래, 내가 똑똑히 들었어. 분명히 예수님이 오신데…" 수많은 사람들이 예수님을 만나보려고 구름떼처럼 동네 어귀로 몰려들었어요. 예수님의 옷이라도 한번 만져 보려고 사람들을 밀치고 들어가려고 하지만 안되어서 발뒤꿈치를 들고 목을 빼는 사람,

또 토끼처럼 깡충깡충 뛰어 예수님의 얼굴을 한번 보려는 사람… 가지각색이었어요.

예수님은 수많은 사람들에게 둘러싸여 먼발치에서는 도무지 볼수가 없을 정도였어요. 예수님께서는 인자한 얼굴로 구름떼처럼 모인 사람들을 바라보며 그곳을 지나가셨어요. 바로 그때 예수님의 발이 멈춰졌어요. 그리고는 뽕나무를 올려다보시는 것이에요. "삭개오야, 내려 오너라 내가 오늘 너희 집에 가서 식사를 해야겠구나." 사람들의 눈이 휘둥그래지기 시작했어요. 그곳에 모인 사람들은 모두 놀라서 어쩔줄 몰라했어요. 왜냐하면 삭개오는 세리장이었기 때문에 사람들의 미움을 받았고, 삭개오의 집에 가는 것은 상상할 수조차 없는 일이었거든요. 그런데 예수님께서는 키 작고 사람들에게 미움을 받는 세리장, 삭개오의 집에 가신다고 하시니 사람들은 이해할 수가 없었어요.

어린이 여러분, 예수님의 마음은 많이 배워서 똑똑한 사람에게도, 큰 부자에게도, 또 얼굴이 아름다운 사람에게도 향하지 않았어요. 다만, 예수님을 만나고 싶어서 창피함도 무릅쓰고 뽕나무에 올라간 삭개오 아저씨에게 향했던 거예요.

그날 예수님은 정말 삭개오 아저씨 집에서 저녁식사를 하시고 삭개오 아저씨께 믿음과 구원을 선물로 주셨어요. 삭개오 아저씨는 너무 기쁜나머지 예수님께 굳게 약속했어요. "예수님! 저는 이제 전 재산의 절반을 나누어 가난한 사람들에게, 그리고 내가 억지로 돈을 걸은 불쌍한 사람들에게 나눠주겠어요!"

우와! 삭개오 아저씨는 놀라운 결심을 했군요. 예수님은 이런 삭개오 아저씨의 어깨를 토닥거리며 대견해하셨어요. 어, 그런데 선생님이 가만히 보니까 우리 영훈이의 눈이 초롱초롱 빛나고 있네요. 마치 '저도 삭개오 아저씨처럼 예수님을 만나고 싶어요.' 라고 말하는 것만 같아요.

어린이 여러분! 우리 친구들도 그 예수님을 만나고 싶나요? 걱정하지 마세요. 예수님을 만날 수 있는 길이 있답니다. 그것은 바로 하나님의 집인 교회에 열심히 나오고, 기도하며 성경을 읽는 거예요. 그밖에도 찬송, 사랑실천 등등 여러

가지가 있어요. 지금도 예수님은 '우리 곁에 오셔서 삭개오 아저씨같이 간절한 마음을 갖고 있는 친구가 어디 있나?' 하고 둘러보실 거예요.

하지만 '오늘은 선생님이 어떤 간식을 줄까?' '어 오늘은 호승이가 안나왔네. 나도 안 올 걸.' 이렇게 딴 생각을 하는 친구도 있어요. 그 친구는 예수님을 만나기 어려워요.

예화

소영이는 초등학교 2학년 학생이에요. 하지만 엄마는 집을 나가시고, 아빠와 함께 가난하게 살았어요. 그런데 소영이한테는 한가지 소원이 있었어요. 그것은 바로 친구들과 함께 도시락을 먹는 거예요. 왜냐하면 소영이는 늘 맛없는 반찬, 김치만 가지고 다니니까 친구들이 "너 가방에서는 이상한 냄새가 나잖아. 저리 가" "너는 매일 맛없는 김치만 싸가지고 오니까 너랑 도시락 안먹어!"하면서 친구들로부터 따돌림을 당했어요. 그래서 소영이는 늘 혼자서 도시락을 먹어야 했어요.

하지만 소영이는 예수님을 믿는 친구였어요. 그래서 교회에 가면 학교에서 있었던 슬픈 일, 나쁜 일들을 예수님께 다 말씀드렸어요. 오늘도 소영이는 주일학교 예배에 가서 예수님께 이렇게 기도했어요.

"예수님, 저는 어제도 혼자 도시락을 먹었어요. 친구들은 나를 끼워주지 않아요. 하지만 예수님 저는 괜찮아요. 선생님이 그러는데 예수님도 십자가에 달려 돌아가실 때 혼자였다고 말씀하셨거든요. 그래서 저도 참을 수 있어요. 그런데 예수님…한 명만이라도 저와 함께 놀 수 있는 친구가 있었으면 좋겠어요. 예수님의 이름으로 기도합니다. 아멘!"

그런데 여러분! 이게 어찌된 일이죠. 소영이가 다니는 반에 한 여자친구가 이사를 왔어요. 그 친구는 소영이가 다니는 ○○교회에 다니게 되었고, 소영이와 친해졌어요. 그래서 도시락도 함께 먹었어요. 바로 소영이의 기도를 예수님이

들어주신 거예요.

결론

  이처럼 소영이는 삭개오 아저씨처럼 왕따를 당하는 친구였지만, 슬퍼하지 않고 예수님께 기도했더니 그 소원이 이루어졌어요. 만약 삭개오 아저씨도 사람들이 많아서 창피하다고 뽕나무에 올라가지 않았다면 예수님을 만날 수 없었을 거예요. 오히려 아저씨는 창피한 것도 무릅쓰고 뽕나무에 올라갔어요. 삭개오 아저씨의 마음속에는 오직 한가지 '나는 꼭 예수님을 볼꺼야. 예수님을 만날거야.' 라는 마음뿐이었지요. 그 마음 때문에 예수님을 만날 수 있었어요.

  우리 친구들도 그러한 마음으로 '오늘은 꼭 예수님을 만나고 돌아가야지!' 하고 교회에 나온다면 반드시 예수님을 만날 수 있을 거예요. 그리고 소영이와 같이 기도도 응답될 거예요. 우리 모두가 이러한 축복을 받는 여러분이 되시기를 예수님의 이름으로 기도드려요. 아멘!

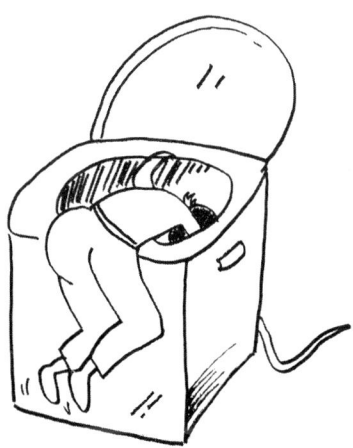

진정한 부자

주제: 고난

본문: 빌립보서 4:6

아무것도 염려하지 말고 오직 모든 일에 기도와 간구로 너희 구할 것을 감사함으로 하나님께 아뢰라

도입

이 세상에서 가장 큰 부자는 누구일까요? 자, 이사람일까요? ('삼성', '현대', '대통령', '박찬호'라고 쓴 글자카드를 순서대로 보여주며 질문과 함께 대답을 듣는다.) 삼성의 이건희 회장일까요. 아니면 현대그룹의 사장님, 아… 우리 나라의 대통령인가요? 아니면 미국에서 떼돈을 벌고 있는 프로야구 박찬호 선수인가요?

오늘 선생님은 앞에서 말한 사람들보다 더 큰 부자를 소개하려고 해요. 누구인지 참 궁금하죠? 그 사람은 바로 동방에서 가장 큰 부자였던 '욥'이었어요.

본론

욥은 자녀가 열명에다가 양이 칠천마리, 낙타가 삼천마리, 소가 오백마리, 암나귀가 오백마리나 있었어요. 그리고 부리는 종도 참 많았어요. 사람들은 욥에게 굽신거리고 그 사람에게 잘 보이려고 노력했을 거예요.

그런데 보통 부자들과는 달리 욥은 정말 착한 사람이었어요. 많은 돈을 자기만 위해 쓰는 놀부가 아니었어요. 피자만 먹고, 외식만 하고, 좋은 옷만 입지 않았어요. 욥이 뚱뚱했을까요. 글쎄 천국에 가봐야 알겠지만, 많이 뚱뚱하지 않았을 것 같아요. (욥의 그림) 이렇게 생겼을지도 모르죠.

그런데 하루는 욥에게 큰 어려움이 닥쳤어요. 저 멀리 사는 스바 나라 사람들이 쳐 들어와서 욥의 소와 나귀를 다 잡아갔어요. 그리고 그것들을 지키던 종을 모조리 죽였어요. 그 소식을 들었을 때 욥은 깜짝 놀랐어요. 그런데 또 한사람이 욥에게 달려왔어요. "주인나리 주인나리 큰일났습니다. 하늘에서 불이 내려와서 양과 종을 다 불태웠습니다. 모조리 다 죽었는데 나만 살아서 이렇게 달려왔습니다."(선생님이 종의 모습을 취하며 달려와 심각하게 이야기한다) 바로 그때였어요. "주인 어른 큰일 났습니다. 헉헉, 갈대아 사람이 떼를 지어 쳐들어와서 칼로 종을 죽이고 낙타를 모조리 잡아갔습니다." 욥은 하늘이 무너지는 것만 같았어요.

그런데 또 한사람이 달려왔어요. 숨을 가쁘게 몰아쉬며, "헉헉, 주인 어른, 이를 어찌하면 좋습니까? 당신의 자녀들이 큰 형 집에서 밥을 먹고 있는데 갑자기 대풍이 불어와서 그 집이 우르르 무너지고 말았습니다. 그래서 당신의 열 자녀가 모조리 죽었습니다."

만약 여러분이 욥이라면 어땠을까요. "하나님, 왜 저에게 이런 어려움을 주시는 거예요. 제가 잘못한 것이 무엇이 있나요. 저는 하나님께 예배도 날마다 드렸고, 헌금도 잘했고, 불쌍한 사람들도 도왔어요. 그리고 욕심없이 베풀며 살았는데 왜 저에게 이런 어려움을 주십니까" 하고 따졌을 거예요. 그런데 욥 아저씨는 그렇게 하지 않았어요.

욥 아저씨가 뭐라고 했는지 아세요? 이렇게 이야기했어요. "나는 태어날 때 아무것도 가지고 태어나지 않았습니다. 그러니 아무것도 가지지 않고 죽을 것이 마땅합니다. 나에게 모든 재산과 자녀를 주신 분이 하나님이시니, 이제 그것들을 하나님께서 가져가신 것입니다. 저는 다만 그 하나님께 찬송과 경배를 드릴 것입니다."

아니 이러는 거예요. 사람들은 욥의 신앙을 보고 깜짝 놀랐어요. 그런데 욥에게 또 슬픈일이 닥쳤어요. 갑자기 욥의 몸이 이상한 거예요. 몸이 간지럽더니 딱지가 생기고 고름이 생기면서 악창이 생기고 만 거예요. 그래서 온 몸이 썩어들어가고 있었어요. 몸이 얼마나 간지럽냐면, 손으로 박박 긁어도 소용이 없는 거예요. 그래서 욥은 기왓장을 가져와서 그것으로 몸을 벅벅 긁었어요. (그림자료) 그리고 사랑하는 아내도 욥에게 욕을 하면서 집을 나가버렸어요. "당신이 믿는 하나님이 정말 살아있어요? 살아있다면 어떻게 당신에게 이렇게 할 수가 있어요?"

그뿐이 아니에요. 많은 사람들이 욥을 떠나갔어요. 돈과 재산이 많을 때는 굽실거리고 인사도 잘 하던 사람들도 이젠 욥을 아는 척도 안했어요. 욥은 눈물을 흘리며 기도했어요. "하나님, 왜 저에게 이런 어려움이 생겼나요? 저를 불쌍히 여겨주시고, 도와주세요. 제가 이 어려움으로 믿음을 잃지 않도록 도와주세요." 욥은 너무나 슬펐지만 하나님은 정말 살아계시고 나를 도와주실 것이라는 믿음을 잃지 않았어요.

그래요. 우리친구들. 하나님께서는 우리 친구들에게 이렇게 말씀하세요. 한번 따라해 볼까요?

"모든 일을 원망과 시비가 없이하라"(칠판 또는 종이에 적어서 보여준다.)

우리 친구들도 때때로 하나님께 원망하고 불평할 때가 많아요. "하나님, 왜 저희 집은 지지리도 가난하나요? 왜 우리 부모님은 돈이 없나요? 왜 나에게는 좋은 컴퓨터가 없는 거예요?" 이렇게 원망하고 불평할 수 있어요. 하지만 그것은 하나님을 욕하는 것이나 다름없어요. 물론 우리 친구들에게 많은 어려움이 있을걸 선생님도 알아요. 부모님들이 싸우시면 가슴이 조리기도 하고, 혹시 아빠가 술을 먹고 들어오시면 나를 때리는 부모님도 있을거예요. 또 몸이 아파서 슬플 때도 있고, 친구들이 괴롭히거나, 공부를 못해서 고민도 할 거예요. 하지만 이 모든 것들은 우리 친구들을 강한 사람으로 만들기 위한 하나님의 계획이에요. 그리고 우리 친구들이 예수님을 잘 믿고 교회를 열심히 다니니까 마귀가 시샘을

해서 어려움을 가져다 줄 수도 있어요.

욥도 사실은 하나님이 욥을 많이 사랑하시니까 시기가 난 마귀가 가져다 준 어려움들이었거든요. 그러니까 우리친구들도 그때마다 '왜 하나님은 나를 어렵게 하는 걸까' 하고 고민할 것이 아니라 욥처럼 기도해야 해요. "하나님, 저를 도와주세요. 제가 이 어려움을 잘 이겨나갈 수 있도록 힘을 주세요. 믿음을 주세요."

오늘 말씀에도 보면 아무것도 염려하지 말고 모든 일에 기도와 간구로 하나님께 맡기라고 말씀하시고 있어요. 하나님은 분명 우리를 도와주실 거예요. 욥도 나중에는 처음에 받았던 그 복보다 배나 되는 큰복을 받았어요. 그래서 그는 어떤 부자보다도 진정한 믿음의 부자가 되었지요. 우리 친구들도 어떤 어려움이 당할 때, 한번만 기도하고 마는 것이 아니라 하나님께 꾸준히 기도한다면 하나님의 도움으로 어려움이 잘 해결될 거예요.

결론

어린이 여러분, 이제 우리도 욥 아저씨와 같이 어려운 일이 닥칠 때마다 하나님께 도와달라고 기도하고 또 선생님들게 도움을 요청하세요. 혼자서 고민만하지 말고요. 그러면 선생님들도 간절하게 기도해 주실 거예요. 그럼 그 기도가 빨리 응답되겠죠. 그래서 우리 모두가 욥과 같이 진정한 믿음의 부자가 되고. 기도의 부자가 되어야겠어요. 끝으로 오늘의 요절말씀을 힘차게 읽어보고 기도하고 마치겠어요. (다함께 빌립보서 4장 6절 말씀을 읽는다.)

31
주님의 말씀은 나의 즐거움

주제: 말씀

본문: 누가복음 10:38-42

그에게 마리아라 하는 동생이 있어 주의 발아래 앉아 그의 말씀을 듣더니

도입

(꽁트 이야기)

목사님: 영희야, 여리고성을 누가 무너뜨렸는지 아니?

영희: 목사님, 여리고성은 제가 무너뜨리지 않았어요. 정말이에요.

목사님: …!

목사님: 김선생님, 영희가 여리고성을 무너뜨리지 않았다고 그러는데 어떻게 된 건가요?

김선생님: 목사님, 영희가 여리고성을 무너뜨리지 않았어요. 영희는 거짓말을 못해요.

목사님: 오잉-.

목사님: 수석장로님, 영희가 여리고성을 무너뜨리지 않았다고 김선생님이 그러시던데, 나참 이 일을 어떻게 하면 좋겠소?

수석장로님: 아, 그래요. 영희와 김 선생님이 거짓말할 리는 없을테고…할 수 없지요. 그럼 교회재정으로 처리하겠습니다.

어린이 여러분! 말씀을 잘 알지 못하면 이렇게 엉뚱한 대답을 하게 될지도 몰라요. 우리들이 어떤 일에 열심을 내야 할까요. 오늘 말씀을 배우게 되면 알게 될 거예요. 그리고 우리 친구들이 무엇을 즐거워해야 되는지도 알수 있을 거예요. 자, 성경 속으로 한번 들어가 볼까요? 출발 부릉부릉.

본론

한 집에 삼 남매가 살고 있었어요. 언니는 마르다이고 동생은 마리아, 오빠는 나사로입니다.

오늘 마르다네 집에는 무슨 좋은 일이 있나봐요. 제일 신이 난 것은 마르다였어요. 알고보니 예수님께서 그집에 오신답니다. 그러니 얼마나 기쁘고 신이 나겠어요. 예수님이 집에 오신다는 소식을 듣고 언니인 마르다는 너무너무 바빴어요 청소도 하고, 시장도 보고, 음식도 만들고 매우 분주했답니다. 그런데 동생인 마리아는 예수님께서 오시자 예수님 곁에서 즐겁게 말씀을 듣고 있었어요.

우리 친구들은 교회에 왜 오나요? 누구를 만나러 오지요? 혹시 간식 때문에, 아니면 친구가 가자니까. 선생님이 심방오셔서 억지로 오지는 않았나요?

그런데 예수님 당시에도 많은 사람들이 예수님을 따라 다녔어요. 그 이유를 예수님께서 이렇게 말씀 하셨어요. "너희가 나를 따라 온것은 먹고 배부른 까닭이다." 예수님께서 먹을 것을 주니까 따라 다닌다는 거예요.

그런데 시편에 이런 말씀이 있어요. "주의 율례를 즐거워하여 주의 말씀을 잊지 아니 하리이다"(시편 119:16). 무엇을 즐거워한다고 하였나요? 네 주의 율례 즉 하나님의 말씀이에요. 하나님은 친구들이 하나님의 말씀을 즐거워하기를 정말 원하고 계세요.

아마 예수님께서는 마르다 집에서 어떻게 하면 구원을 얻을 수 있는지 말씀하고 계셨을 거예요.

"세상의 모든 사람들은 죄를 지었어요. 우리 친구들이 말씀 듣는 것보다 다른 것을 더 좋아한다면 그것도 죄예요. 죄를 지은 사람은 형벌을 받아야 해요. 그러나 하나님께서 죄에서 구원받을 수 있는 길을 마련 하셨어요. 예수님께서 이 땅에 오셔서 우리 죄를 대신해서 죽으시고 사흘만에 다시 살아나심으로 구원의 길을 마련해주셨어요." 마리아는 주의 말씀을 듣는 것이 너무나 즐거웠어요.

우리 친구들은 누구인가요? 아침에 일어나서 학교 가는 것만 바빠서 말씀 보는 일을 뒤로하지 않나요? 저녁에 TV는 보는데 ,게임은 열심히 하는데 말씀보고 말씀을 공부하는 데는 등한히 하지는 않지요? 그렇다면 시편 119:16절에 나와 있는 말씀을 기억하세요. 여러분이 하나님의 자녀라면 말씀을 즐거워해야 해요. 하나님께서 그것을 원하고 계시답니다.

마르다는 예수님을 대접하기 위하여 준비하는 일에 바빴어요. 그런데 동생 마리아는 언니를 도와 주기는 커녕 예수님 곁에서 말씀만 듣고있어서 속이 상했어요. 그래서 예수님께 "예수님, 제 동생이 저를 도와 주라고 말씀해 주세요 " 예수님께서 뭐라고 대답 하셨을까요? 이렇게 말씀하셨어요. "마르다야, 네가 많은 일로 염려하고 근심하며 많이 바쁘구나. 그러나 나는 몇 가지만 음식을 준비해 오든지 혹 한가지만 해와도 만족한단다. 마리아는 좋은 편을 택하였으니 아무도 못하게 하지 못한다"라고요.

결론

예수님께서는 마리아에게 네 언니가 바쁘니 나가서 도와 주라고 하지 않으시고 오히려 마리아는 좋은 편을 택했다고 칭찬해 주셨어요. 왜 말씀을 듣는 것이 좋은 일인가요?

성경은 "사람이 떡으로만 살 것이 아니요 하나님의 입으로 나오는 모든 말씀으로 살 것이라"고 했어요. 말씀은 우리들의 갈 길을 알려주고 죄를 용서받는 길과 하나님께 나아가는 길 천국가는 길을 알려 주지요. 그리고 사람들이 살아 갈 때 필요한 말씀이 다 기록되어 있어요. 그러므로 우리 친구들이 말씀 듣는 것을 중요하게 생각해야 되요. 그리고 말씀을 즐거워하기 위해서 매일매일 성경을 읽으세요. 그러면 마리아처럼 예수님께 칭찬을 듣게 될 것입니다. 하나님의 말씀을 늘 가까이 하고 즐거워하는 여러분이 다 되세요.

32
구레네 사람 시몬을 찾아요

주제: 사순절 (절기설교)
본문: 마가복음 15:20-21
희롱을 다한 후 자색 옷을 벗기고 도로 그의 옷을 입히고 십자가에 못박으려고 끌고 나가니라 마침 알렉산더와 루포의 아비인 구레네 사람 시몬이 시골로서 와서 지나가는데 저희가 그를 억지로 같이 가게 하여 예수님의 십자가를 지우고

도입
설교자가 강대상에 나올 때 대형 십자가를 들고 등장한다. 십자가를 휘장 쪽에 세워 놓고 설교시작.

자! 여러분, 지금 우리가 어떤 절기를 보내고 있다고 했나요? 그래요 사순절이에요. 사순절에 대해서는 우리 친구들 선생님으로부터 많이 들었을 거예요. 사순절은 우리 죄를 위해 십자가에 못박혀 돌아가신 예수님을 생각하며 우리도 함께 기도하고 절제하고 인내하는 기간이라고 했어요.

오늘은 선생님이 우리 친구들에게 한 좋은 사람을 한분 소개해 주려고 해요. 이분이 누굴까요?

본론
(구레네 사람 시몬 분장)

안녕하세요? 저는 구레네 사람 시몬이랍니다. 제가 누구냐고요? 그럼 저에 대해서 소개를 해 줄까요? 나는 오래전 예수님이 십자가를 지시고 골고다 언덕을 올라가실 때 예수님이 너무나 힘드셔서 도저히 언덕을 올라가지 못하실 때 그분의 십자가를 대신 지고 골고다 길을 올라간 사람이에요. 사실 나는 당시에 예수님이 십자가를 지고 올라가실 때 다른 사람들과 같이 구석에서 그 모습을 구경하고 있었어요. 그런데 갑자기 로마군인이 나를 부르는 거였어요.

"이봐! 자네 이리와봐"

"저-저말이세요?"

"그래. 너 말야. 어서 이리 와 봐."

나는 창을 들고 있는 군인이 무서워서 앞으로 나갔어요.

"너 저 사람이 지고 있는 십자가를 등에 짊어져. 어서"

"왜 내가 저 십자가를…"

"어서 지라면 지라니까!"

"아 아, 알겠다니까요"

그래서 저는 그 불쌍한 예수라는 사람을 대신해서 십자가를 지고 골고다를 올라갔죠. 이렇게…(세워둔 십자가를 등에 짊어진다.) 그런데 얘들아, 나는 아주 이상한 모습을 보게 되었어. 그게 뭐냐면 그 예수님이 십자가에 달려 돌아가시자 (효과음:천둥과 비소리) 하늘이 무너지듯이 천둥이 치고 온통 어둠으로 가득 찼어요. 그리고 어떤 사람은 예수님이 하나님의 아들이라고 이야기하는 것을 들었어요. 모든 사람들이 무서워 집으로 도망갔지만 나는 집에 돌아와서 한숨도 자지 못했어요.

'그 사람이 정말 하나님의 아들이라면 우리는 어떻게 되는 거지?'

그런데 하루, 이틀, 삼일이 지나자 이상한 일이 일어났어요. 무덤에 묻힌 예수님이 다시 살아났다는 거예요. 우리는 모두 너무 놀라왔죠. 왜냐하면 그 제자들이 사는 곳에 다시 살아나신 예수님이 나타났다는 거예요. 그리고 많은 사람이 그 예수님을 보았어요.

그래서 저는 그날부터 예수님을 믿게 되었고, 제가 지었던 죄들을 용서해 달라고 울면서 용서를 구했죠. 그런데 그분이 내 마음속에도 찾아오신거예요. 그리고 제게 이렇게 말씀하셨어요.

"사랑하는 시몬아! 너는 내가 골고다 언덕을 올라갈 때 십자가를 대신 지어주었구나! 참으로 고맙다. 이제 너는 나의 사랑하는 아들이다. 그러니 앞으로도 힘든 사람, 슬픈 사람, 아픈 사람을 볼 때 나를 생각하며 도와주어라. 그러면 내가 천국에 올 그날에 큰 상급으로 갚아줄 것이다. 이 말을 명심하여라."

이 말을 듣고 구레네 사람 시몬은 더 열심히 소외되고 불쌍한 사람들을 도와주었어요. 그리고 예수님도 아주 잘 믿었어요. 그래서 그의 가족들이 모두 구원을 받게 되었어요. 예수님이 축복해 주신 거죠. 여러분! 그 구레네 사람 시몬은 지금 어디 있을까요? 그래요. 예수님 계신 천국에서 많은 상을 받고 행복하게 살고 있을 거예요.

우리 친구들도 예수님의 말씀처럼 어려운 친구, 불쌍한 사람, 따돌림당하는 친구들에게 친구가 되어준다면 바로 예수님을 도와주는 사람이에요. 우리 옆을 한번 보세요. 그리고 친구들과 함께 손을 잡아 보세요. 우리 모두는 예수님 안에서 한가족이에요. 그러나 우리 엄마, 아빠, 또는 친구들 중에 아직도 예수님을 믿지 않는 사람들이 있어요. 예수님은 모든 사람을 구원하기 위해서 십자가에서 돌아가셨고, 지금도 예수님께로 나오기를 바라고 계세요.

여러분! 우리가 사순절을 지내는 동안 주님을 기쁘게 해 드리기 위해서는 구레네 사람 시몬처럼 힘들고 따돌림당하고 불쌍하고 아픈 친구나 사람들에게 도움을 주어야 해요. 그게 바로 예수님의 무거운 십자가를 대신 지는 사람이에요.

예화

마더 테레사라는 분이 계셨어요. 이 분은 유고슬로비아에서 태어난 분인데 예수님을 믿고 수녀가 되었어요. 그래서 이분은 18살 때 멀리 인도의 켈커타라는 곳에 혼자 갔어요. 거기는 병들고 집도 없고 먹을것이 없어서 굶어죽는 사람이 길거리에 아주 많은 곳이였어요. 그런데 마더 테레사님이 그곳에 가서 집 없는 사람들, 병든 사람들, 굶어죽는 사람들을 모두 모아다가 씻기고, 먹이고 보살피는 일을 했어요.

하루는 사람들이 시궁창(하수구)에서 사람을 데려왔어요. 그런데 온 몸에 구더기가 끓어서 아무도 그 사람을 닦아줄 사람이 없었어요. 그런데 테레사 수녀님은 그 분을 혼자 손을 걷어부치고 열심히 닦고 새 옷을 입혀주는 것이었어요. 그러면서 하시는 말씀이 "바로 이분이 가난한 모습으로 오신 예수님이기 때문에 저는 더럽거나 싫지 않습니다. 그저 예수님을 도와드리는 것이 좋을 뿐이에요." 우리 친구들 어때요? 예수님께서 이 수녀님을 기뻐하셨을까요? 싫어하셨을까요?

너무너무 기뻐하셨어요. 그래서 이분이 1997년도에 돌아가셨는데 어떤분이 기도하는 중에 보니까 테레사 수녀님이 돌아가시자 하늘나라에서 많은 천사들이 그분을 마중나왔어요. 예수님이 수녀님을 안아주시면서 "수고했다"라고 하면서 너무 기뻐하시더래요.

결론

우리 친구들! 우리들도 이런 사람이 되고 싶죠? (아이들) 그래요. 우리도 열심히 남을 도와 주면서 예수님을 기쁘게 하는 모든 친구들과 선생님이 되어야하겠어요. 기도하겠습니다.

죽음을 각오한 에스더

주제: 용기
본문: 에스더 4:16

당신은 가서 수산에 있는 유다인을 다 모으고 나를 위하여 금식하되 밤낮 삼일을 먹지도 말고 마시지도 마소서. 나도 나의 시녀로 더불어 이렇게 금식한 후에 규례를 어기고 왕에게 나아가리니 죽으면 죽으리이다.

도입

여러분! 우리 친구들은 공주병이 무엇인지 알고 있나요? "난 참 예쁜 것 같애. 어쩜 이렇게 잘났을까? 눈도 반짝, 코도 오똑, 입술도 앵두같고." 이러한 사람들은 가리켜 공주병이라고 하지요. 하지만 오늘 성경 이야기에는 자신을 뽐내는 공주가 아니라 진정 하나님을 잘 섬기고 영혼이 아름다운 왕비가 있었어요. 바사라는 큰 나라의 왕비였어요. 그럼 우리 친구들과 함께 바사 나라의 왕비를 만나러 성경여행을 한번 떠나볼까요. 뿌웅!

본론

유대 사람들은 바사 나라 아하수로왕의 다스림을 받고 있었어요. 그 중에 에스더라는 하나님을 잘 믿고 마음씨도 고운 아름다운 왕비가 있었어요.

어느 날 아하수로 왕은 하만이라는 사람을 총리로 세우고 명령을 내렸어요. "여봐라, 이제부터 대궐 문에 있는 모든 신하들은 하만에게 무릎을 꿇어 절을 하도록 하여라." 그러자 모든 신하들이 하만에게 무릎을 꿇고 절을 하였어요. 하지만 하나님을 섬기던 유다인 모르드개는 하만에게 꿇어 절을 하지 않았어요.

왜냐하면 하나님 외에는 아무에게도 절하지 말라고 했기 때문이었지요. 이 사실을 알게된 하만은 몹시 화가 났어요. 하만 총리는 유다인들이 왕의 법을 어겼기에 다 죽어야 한다고 왕에게 이야기했어요. 하만은 유다인, 모르드개의 민족을 모두다 죽이기로 작정을 했던 거예요. 그러자 왕의 명령이 떨어졌어요. "모든 유다인들을 잡아 들여 모조리 죽이도록 하여라."

하지만 유대이었던 에스더 왕비는 이 사실을 모르고 있었어요. 에스더 왕비의 사촌오빠인 모르드개는 이 사실을 빨리 에스더에게 알렸어요. "에스더 왕비님, 유다인들을 살릴 수 있는 사람은 왕비님 밖에 없습니다. 하나님께서 왕비님을 세우심은 이때를 위함이 아니겠습니까?" 그러자 에스더 왕비는 이 엄청난 사실에 무척 슬퍼하며 눈물을 흘렸어요.

어린이 여러분! 이때는 아무리 왕비라도 왕이 부르지 않았는데 나가면 죽을 수도 있었어요. 그러나 에스더 왕비는 자기 민족이 다 죽을수도 있는 위기에서 왕을 설득시킬 수 있는 사람은 자기밖에 없다는 막중한 사명을 생각했어요. 그래서 3일간 기도와 금식을 하며 하나님께 지혜와 용기를 구했어요. 그리고는 드디어 "죽으면 죽으리라"는 각오로 왕의 앞에 나아갔어요(숨을 죽이며). 과연 어떻게 되었을까요? 왕은 비록 자기가 부르지도 않았지만 아름답게 꾸미고 찾아온 왕비를 환영하였어요. 에스더는 왕의 기분을 즐겁게 해드리 위해 잔치를 벌렸어요. 그때 왕이 에스더에게 무엇이든지 원하는 것이 있으면 말하라고 하며 다 들어주겠다고 약속했지요. 그때 에스더는 자신을 위하여 구하지 않고 온 유다인을 위하여 간청을 했어요. 그 자리에는 하만 총리도 있었지요. 하만 총리는 왕비가 유대 사람이라는 사실을 모르고 있었어요. 왕비는 왕에게 하만총리가 자기를 죽이려고 유대의 모든 사람을 죽이려고 한다고 하면서 유대인에게 생명과 자유를 달라고 이야기했어요. 왕은 화가 많이 나서 당장 하만총리를 사형에 처하라고 명령을 내렸지요. 하만은 유대인을 죽이려고 만들어 놓은 교수대에 자신이 죽고 말았어요. 이렇게 에스더왕비는 하나님을 사랑하고 민족을 사랑하여 죽음을 각오하고 왕 앞에 나아간거예요.

결론

어린이 여러분! 잊지 마세요. 우리 친구들도 어떤 어려움과 고통이 있더라도 에스더처럼 사람을 두려워하지 않고 오직 하나님의 도우심을 바라며 하나님을 의지하세요. 하나님을 위해서는 목숨이라도 바치겠다는 굳은 다짐이 있기를 바래요.

147

34
하나님의 마음

주제: 사랑

본문: 요한복음 3:16

하나님이 세상을 이처럼 사랑하사 독생자를 주셨으니 이는 저를 믿는 자마다 멸망치 않고 영생을 얻게 하려 하심이니라

도입

(그림 동화설교)

여러분, 하나님의 마음은 어떤 것일까요?

본론

어느 나라에 아주 마음씨가 좋은 임금님이 살고 있었어요. 가난하고 약한 사람들의 마음을 헤아릴 줄 아는 어진 임금이었어요. 그 나라 사람들은 임금님을 존경하는 마음이 한결 같았어요. 그 임금님의 말씀이라면 그 어느 누구도 거역하지 않았어요.

어느 날이었어요. 사람들이 많이 왕래하는 곳에 대문짝만한 공고문이 붙어 있었어요. 맨 아래를 보니 임금님의 도장이 찍힌 공고문이었어요. 사람들은 모두가 웅성거리며 그 내용을 열심히 읽어내려 갔어요. 거기에는 이렇게 적혀 있었어요.

(직접 세로형 긴 종이를 어린이들에게 보여준다.) "오늘 이시간부터 살인을 하거나 도둑질을 하거나 남의 것을 훔친 사람은 아주 무서운 벌을 내리겠습니다." 사람들은 숨소리조차 내지 않고 계속 읽어 내려 갔어요.

"그 벌은 두 눈이 뽑히는 벌입니다. 그러니 어느 누구도 죄를 짓지 않도록 조심하시오." 사람들은 조심스럽게 옷깃을 여미며 마음속에 다짐을 하면서 돌아갔어요. 그로부터 수일이 지났습니다. 임금님 앞에 그 공고문을 어긴 사람이 붙잡혀 온 거예요. 그런데 놀랍게도 그 사람은 임금님의 아들이었어요. 사람들은 놀라며 과연 임금님이 어떻게 하실까 긴장을 하며 죄를 저지른 사람을 심판하는 곳에 모여들었어요.

그 어진 임금님은 백성들을 향하여 눈물을 흘리며 이렇게 말하는 것이었어요. "여러분, 저는 제가 약속한 것은 꼭 지키겠습니다. 저는 백성들을 한없이 사랑하지만 죄는 결코 용납할 수 없습니다. 오늘 이곳에 잡혀온 사람은 제가 가장 아끼는 내 아들입니다. 아무리 아들이지만, 죄를 지은 것만큼은 용서해 줄 수 없습니다. 제가 약속한대로 두 눈을 뽑도록 하겠습니다. 하지만 저는 아들을 제 몸처럼 사랑하기 때문에 아들의 한쪽 눈과 그리고 저의 한쪽 눈을 뽑겠습니다."

이 모습을 바라본 사람들은 흐느끼기 시작했어요. 그 이후로부터 이 나라 사람들은 죄를 짓는 일을 멀리했어요. 임금님의 사랑보다 하나님의 사랑은 더 크셔요. 하지만 아무리 우리들을 사랑하시지만, 우리가 죄를 짓는 것만은 기뻐하시지 않아요. 어느 정도 죄를 싫어하시느냐 하면요. 임금님은 눈을 뽑는다고 했지만, 하나님께서는 하나밖에 없는 외아들 예수님을 십자가 위에서 죽게 하실만큼 죄만큼은 기뻐하시지 않는 것이 바로 하나님의 마음이랍니다.

결론
죄를 짓는 사람은 지옥에 갈 수밖에 없어요. 왜냐하면 천국은 죄가 없는 깨끗하고 거룩한 나라이기 때문이죠. 이렇게 죽을 수밖에 없는 우리들을 하나님은 얼마나 사랑하셨는지 예수님을 보내주셔서 십자가에서 죽기까지 하셨어요. 그러므로 우리도 죄를 짓지않고 멀리하여 하나님의 마음에 기쁨을 드리는 어린이가 되도록 해요.

35
하나님이 기뻐하시는 예배

주제: 예배생활

본문: 창세기 4: 4-5

아벨은 자기도 양의 첫 새끼와 그 기름으로 드렸더니 여호와께서 아벨과 그 제물은 열납하셨으나 가인과 그 제물은 열납하지 아니하신지라 가인이 심히 분하여 안색이 변하니

도입

(풍선을 가지고 나와서 보여준다) 어린이 여러분! 이게 뭐죠? 풍선이에요. 이 풍선안에 무엇이 들어있는 걸까요. 바람, 그래요. 공기가 들어있어요. 그러나 이 공기는 우리 눈에 보이지 않아요. 하지만 공기가 없으면 우리는 숨을 쉴수 없고 살아갈 수도 없어요.

이처럼 하나님도 우리 눈에는 안 보여요. 그러나 그 하나님이 안계시다면 우리는 절대 살아갈 수가 없죠. 왜냐하면 이 세상은 하나님의 계획과 돌보심으로 살아가기 때문이에요. 이렇게 중요한 하나님께서 우리에게 요구하시는 것이 있어요. 그것은 요한복음 4장 24절에 나와 있죠. 우리 팔복이가 크게 읽어줄래요? "하나님은 영이시니 예배하는 자가 신령과 진정으로 예배할찌니라."

잘 읽어주었어요. 여기서 신령과 진정이란 마음을 다하고 정성을 다한다는 뜻이에요. 장난치거나 떠들고 싶어도 꾹 참으면서 예배를 드린다는 것이죠. 지금도 하나님께서는 어떤 친구가 예배를 잘 드리는지 보고 계실거예요.

본론

아담에게는 두 아들이 있었어요. 형의 이름은 가인이었고, 동생은 아벨이었어요. (OHP 또는 그림자료)

어느 날 가인과 아벨이 하나님께 제사를 드리게 되었어요. 가인은 농부였기 때문에 곡식을 제물로 바쳤고, 아벨은 목동이여서 처음난 새끼양을 하나님께 제물로 바쳤어요. 그러나 가인의 마음은 하나님께 감사하는 마음으로 제사를 드린 것이 아니라 형식적으로 그리고 정성을 다해 제사를 드리지 못했어요. 아벨은 그렇지 않았지요. 그는 정성을 다하여 하나님께 제사를 올렸어요. "하나님, 참 감사합니다. 올해도 양들이 많은 새끼를 낳게 되었어요. 그래서 가장 좋고 처음난 양을 하나님께 바칩니다. 받아주세요."

어린이 여러분, 하나님께서는 누구의 제사를 받으셨을까요? 그래요. 하나님께서는 아벨의 제사는 받으셨지만 가인의 제사는 받지 않으셨어요. 왜 그러셨을까요? 가인은 하나님을 사랑하는 마음으로 감사하는 마음으로 정성껏 드린 제사가 아니었기 때문이에요. 마치 장난치고 기도시간에 눈뜨고, 주보로 종이비행기를 접고 찬양시간에도 유행가를 부르고…이런 친구들처럼 말예요.

그럼 하나님이 기뻐하시는 예배에는 어떤 모습이 있는지 함께 맞는 그림에 동그라미를 그려보아요. (예배시간에 어린이들이 쉽게 보여주는 모습이 여러개 그려져 있는 그림을 보여주고 올바른 것에 동그라미를 그리도록 한다. -기도하는 모습, 친구의 머리를 잡아당기는 모습, 기도시간에 한쪽눈을 뜨고 있는 모습, 열심히 찬양하는 모습, 성경을 읽고 있는 모습)

결론

우리 친구들, 이제 어떤 것이 올바른 예배생활인지 잘 알았죠? 하나님께서는 언제나 정성을 다하여 예배하는 어린이를 지금도 찾고 계세요. 그래서 생명책에 기록하고 계시겠죠. 이제부터는 예배시간에 남을 괴롭히는 어린이가 아닌 선생님을 도와주고, 우리 눈에는 보이지 않지만 하나님의 마음에 쏙 드는 어린이가 되어서 장차 하나님 나라에 가서 칭찬받는 어린이가 되시기를 바랍니다.

36
함께 나누었어요

주제: 구제와 선교

본문: 사도행전 9:36-43

욥바에 다비다라 하는 여제자가 있으니 그 이름을 번역하면 도르가라 선행과 구제하는 일이 심히 많더니 그 때에 병들어 죽으매 시체를 씻어 다락에 뉘우니라 룻다가 욥바에 가까운지라 제자들이 베드로가 거기 있음을 듣고 두 사람을 보내어 지체 말고 오라고 간청하니 베드로가 일어나 저희와 함께 가서 이르매 저희가 데리고 다락에 올라가니 모든 과부가 베드로의 곁에 서서 울며 도르가가 저희와 함께 있을 때에 지은 속옷과 겉옷을 다 내어 보이거늘 베드로가 사람을 다 내어 보내고 무릎을 꿇고 기도하고 돌이켜 시체를 향하여 가로되 다비다야 일어나라 하니 그가 눈을 떠 베드로를 보고 일어나 앉는지라. 베드로가 손을 내밀어 일으키고 성도들과 과부들을 불러들여 그의 산 것을 보이니 온 욥바 사람이 알고 많이 주를 믿더라 베드로가 욥바에 여러날 있어 시몬이라 하는 피장의 집에서 유하니라.- 중략

도입

(준비물: 바늘, 실, 옷)

친구들과 장난치다가 옷의 솔기가 터진 적이 있지요? 옷이 뜯어지면 보통 누가 꿰매주나요? 엄마라고요? 여러분도 직접 손바느질로 꿰매어 보세요. 재봉틀로 박으면 쉽겠다고요? 재봉틀이 없는 옛날에는 옷도 다 이렇게 손으로 꿰매어서 만들었어요(미리 바늘과 실을 준비하여 바느질 흉내를 낸다). 바느질은 힘이 들어요. 하지만 바느질로 옷을 만들어 가난한 이웃에게 나누어준 아주머니가 계셔요. 오늘 읽은 말씀은 바느질을 잘하는 도르가 아주머니에 대한 말씀입니다.

본론

"어엉-엉, 흐흐흑."

이게 무슨 소리일까요? 누가 우는 소리 같다구요?

"베드로님, 제발 도르가 아주머니 좀 살려 주세요. 흐흐흑." "도르가님과 같이 착한 분이 이렇게 돌아가시다니…." "우릴 놔두고 돌아가시면 어떡해요. 이제 우리같이 남편잃고 혼자된 사람들은 누구를 의지하고 살아가야 하나요?" "이 옷 좀 보세요. 이 속옷도 도르가 아주머니가 지어 주신 거예요." "이 옷은 어떻고요. 이 겉옷도 도르가 아주머니가 손수 바느질을 해서 우리에게 나누어 주신 거랍니다." "도르가 아주머니, 이대로 가시면 절대로 안돼요." "이제 베드로님이 오셨으니 틀림없이 살아나실 거예요." "베드로님, 도르가 아주머니는 우리 욥바 교회에 없어서는 안될 분이셔요." "꼭 좀 살려주세요." "자, 이제 진정하시오. 모두 이 방에서 나가 주시오."

떠들썩했던 다락방 안은 곧 조용해졌어요. 베드로는 천천히 무릎을 꿇고 간절히 기도했어요.

"주님, 이웃을 위하여 모든 것을 다 바친 도르가를 살려 주십시오. 주님의 영광을 위하여 다시 살려 주십시오." 기도를 마친 베드로는 도르가 쪽으로 몸을 돌렸어요.

어린이 여러분, 정말로 놀라운 일이 생겼어요. 죽었던 도르가 아주머니가 눈을 뜨고 베드로를 바라보며 일어나 앉았어요. 베드로는 사람들을 다시 방으로 불렀어요. "자, 이제 들어오시오. 도르가가 눈을 떴소. 주님께서 다시 살려주셨소." "오! 정말입니까? 아니 봅시다." "만세! 만세! 도르가 아주머니가 다시 살아났다." "주님, 정말 고맙습니다." "우리 이러고 있을 것이 아니라 어서 이 소식을 욥바에 사는 모든 사람들에게도 알립시다." "그래요. 어서 나갑시다."

이 소문은 온 욥바에 알려지게 되었어요. 그리고 이 소식을 들은 많은 사람들은 자기들도 도르가처럼 어려운 사람들을 도와주며, 나누어주는 삶을 살아야겠다고 다짐했어요. 도르가 아주머니처럼 어려운 친구에게 예수님의 사랑을 나눈 친구가 있었어요.

예화

1815년 8월 16일 이탈리아에 베키라는 작은 마을에서 태어난 요한 보스꼬 (돈 보스꼬)에요. 요한 보스꼬는 세콘도라는 친구가 있었어요. 그들은 소에게 풀을 주기 위해 소를 몰고 들판으로 자주 가곤 했어요. 점심때가 되자 배가 고픈 요한은 엄마가 싸준 말랑말랑한 빵을 보자기에서 꺼냈어요. 보기에도 군침이 꿀꺽꿀꺽 넘어갔어요. "와! 정말 맛있겠다. 빨리 먹어야지"라고 하면서 입가에 빵을 갖다대던 요한은 손을 멈출 수밖에 없었어요. 옆에 있던 세콘도는 딱딱하고 시커먼 빵을 손에 들고 있었기 때문이에요. 세콘도 집은 너무 가난했기 때문에 맛있는 빵을 먹을 수가 없었어요. 요한은 세콘도에게 말을 건넸어요.

"세콘도야, 네가 가지고 있는 빵 정말로 맛있어 보인다. 나랑 바꿔 먹을래." 요한은 그 이후에도 세콘도의 딱딱하고 시커먼 맛없는 빵을 매일매일 자신의 빵과 바꿔 먹었어요. 요한도 말랑말랑한 맛있는 빵을 먹고 싶었지만, 친구를 위해 바꿔먹었던 거예요. 예수님이 요한에게 이런 착한 마음을 주신거예요. 요한은 자라서 방황하는 청소년들을 예수님께로 이끄는 훌륭한 목사님이 되셨어요.

결론

우리 친구들도 도르가 아주머니처럼 요한 보스꼬처럼 어려운 친구들을 도와주며 예수님이 기뻐하시는 착한 사람이 될 수 있나요? 어떤 사람들은 자기만 아는 이기적인 사람도 있어요. 마치 놀부와 같이 가난한 형제에게 베풀기도 싫어하는 사람, 그 사람은 강도와 같은 사람이에요. 강도는 자기 물건이 아닌 것을 훔치고 사람들에게 해를 끼치죠. 강도는 얼마나 이기적인지 몰라요. 하지만 도르가와 같이 자기보다 남을 먼저 생각하고 돕는 사람은 하나님께서 모든 것을

157

채워주세요. 왜냐하면 사랑으로 행했기 때문이죠. 우리 친구들도 이기적이지 않고 남을 위해 베풀고 사랑을 실천할 수 있는 어린이들이 되시길 바라겠어요. 함께 기도하겠어요.

37
행함있는 믿음

주제: 믿음

본문: 야고보서 2:14-17

내 형제들아 만일 사람이 믿음이 있노라 하고 행함이 없으면 무슨 이익이 있으리요 그 믿음이 능히 자기를 구원하겠느냐 만일 형제나 자매가 헐벗고 일용할 양식이 없는데 너희 중에 누구든지 그에게 이르되 평안히 가라, 더웁게 하라, 배부르게 하라 하며 그 몸에 쓸 것을 주지 아니하면 무슨 이익이 있으리요 이와 같이 행함이 없는 믿음은 그 자체가 죽은 것이라

도입

(바퀴가 하나 빠진 자동차의 그림이나 실물을 보여주며) 여러분, 이 자동차가 잘 달릴 수 있을까요?(아이들의 반응을 보며 자연스럽게 본론으로 넘어간다)

본론

우리 친구들, 믿음이 무엇인지 아세요? 예수님을 믿는 것이란 그분이 하나님의 아들로서 우리를 위해 십자가에 달려 돌아가시고 지금도 살아계셔서 우리들을 지켜보고 계신다는 것을 믿는 것이에요. 자, 그러면 우리들의 믿음은 얼만큼이나 되는지 한번 알아보도록 해요.

오늘 본문말씀에 보니까 "만일 사람이 믿음이 있다고 하고 행함이 없으면 무슨 이익이 있으리요"라고 했어요. "그 믿음이 능히 자기를 구원하겠느냐"라고 했어요. 다시 말해서 예수님에 대해서 너무도 잘 알고, 성경말씀을 많이 안다고 해도 그 믿음이 무슨 유익이 있겠느냐 하는 거예요. 그것은 바로 아무 유익이 없다는 말씀이죠.

어떤 친구가 성경말씀을 줄줄 외우고, 찬송도 잘하고, 기도도 잘합니다. 또 그 친구는 예수님처럼 사는 것이 무엇인지도 알고 있습니다. 그런데 어느 날 이 친구에게 거지가 찾아왔어요. 그 친구는 거지를 보고 성경말씀을 생각했어요. '친절하게 대해주어야지' "어, 거지씨! 아유 무척 춥겠군요. 이렇게 다니지 말고 가서 따뜻한 방에 가서 이불 속에 들어가 몸을 따뜻하게 하고, 돈이 있으면 가서 따뜻한 옷이라도 사 입으시죠? 그리고 배도 고플테니 음식점에 가서 맛있는 것도 많이 사 잡수세요. 알았지요? 그럼 안녕히 가세요." 그리고 그 사람은 문을 "쾅!" 닫고 가 버렸어요.

자, 어린이 여러분! 이 친구는 성경말씀대로 친절히 한다고 했지만 헐벗은 자를 입히고 추위에 떠는 자를 위해 자기 옷을 벗어주지 않았어요. 행함있는 믿음이라고 할 수 없죠. 배고픈 사람에게는 먹이고, 헐벗은 자는 입히고, 추위에 떠는 자에게는 자기 옷을 벗어주는 것이 행함있는 믿음의 모습이죠.

하지만 위에 사람은 그렇게 하지 않았어요. 예수님께서는 이런 사람들에게 이렇게 말씀하고 계세요. "행함이 없는 믿음은 죽은 것이다."

자, 그렇다면 행함있는 믿음이란 어떤 믿음일까요?

예화

· 캐서린은 길을 지나가다가 불쌍한 거지가 옷을 구걸하자, 하나밖에 없는 자기의 옷을 벗어주었어요. 바로 이것이 행함있는 믿음이에요.(그림)

· 라브르는 거지처럼 가난하게 살며 예수님을 따랐던 사람이에요. 어느 날은 따뜻한 빵을 구했는데, 자신도 배가 고프면서 다른 거지에게 그 따뜻한 빵을 주고, 자기는 딱딱하고 먹기조차 힘든 빵을 바꾸어 먹었어요. 그리고 하나님께 감사하는 기도를 드리는 거예요. 불평하지 않고, 감사하며 딱딱한 빵을 먹는 라브르의 모습 이것이 바로 행함있는 믿음을 소유한 사람의 모습이지요.(그림)

· 프란치스꼬는 부잣집 아들이었지만, 예수님을 믿기로 하고 모든 것을 포기했어요. 그리고 더럽고 냄새나는 문둥병자를 끌어안고 그들에게 입맞추었어요. 진짜 살아있는 믿음이죠. (그림)

그러면 우리의 믿음을 가지고 행함있는 완전한 믿음으로 어떻게 만들 수 있을까요? 그것은 어려운 게 아니예요. 아침에 일어나자마자 하나님께 감사의 기도를 드리고, 지저분한 방은 동생에게 미루는 것이 아니라 내가 직접 치우고, 재미있는 만화를 보고 싶어도 예배시간에는 얼른 일어나서 교회에 나오는 모습, 이런 것들이 바로 행함있는 믿음이에요. 엄마나 아빠의 심부름을 했나요? 칭찬을 받으려고 할 것이 아니라 당연히 해야 할 것을 했다고 생각하고, 친구와 다투었으면 먼저 사과할 줄 아는 친구, 그것이 바로 말씀을 지키는 행함있는 모습이에요. 우리의 믿음은 분반공부 때, 설교시간에, 숙제할 때, 길거리를 지나갈 때 언제나 나타나야만 해요. 이 모든 일들은 예수님께서 무척 기뻐하시는 일이에요. 이런 것들은 바로 예수님을 사랑하는 마음으로 했기 때문이지요. 하늘나라의 상급은 바로 이렇게 믿는대로 행하는 사람에게 주어지는 거예요.

결론

우리가 처음에 본 자동차는(바퀴하나가 빠진 자동차를 보여준다) 완전한 자동차가 아니었어요. 이것은 바로 행함이 없는 믿음을 나타내죠. 자동차가 잘 달리기 위해서는 모든 바퀴가 다 있어야 되는 것처럼, 우리의 믿음도 완전한 믿음이 되기 위해서는 행함이 반드시 따라야 해요. 입으로만, "하나님, 믿습니다!"라고 할 것이 아니라 말씀대로 살려고 하는 모습이 바로 행함있는 자의 모습이라는 걸 알았지요?

이제 우리 친구들은 어떤 쪽을 택하고 싶나요? 행함있는 믿음인가요 죽은 믿음인가요?

38
향기 나는 말을 하고 싶어요

주제: 언어생활
본문: 마가복음 7:18-23

또 가라사대 사람에게서 나오는 그것이 사람을 더럽게 하느니라(20절)

도입

(입 그림 2장-향기(꽃, 하트 등)나는 모습과 냄새(벌레, 충치, 마귀 등)나는 모습)

어린이 여러분! 우리들이 말을 할 때 입에서 어떤 것이 나오면 좋겠어요? 그래요. 우리들의 입에서 향기가 나면 좋겠지요. 그렇다면 우리는 어떤 말을 해야 할까요?

본론

예수님께서는 사람이 입으로 먹는 것이 더러운 것이 아니라 입으로 나오는 것이 더럽다고 하셨어요(20절). 그것은 우리의 마음속에 온갖 악한 생각들이 입을 통해서 밖으로 나오기 때문이에요. 욕심 때문에 혹은 손해볼까봐 거짓말을 하고, 마음이 높아져 교만한 말을 하고, 남을 무시하는 말을 하고, 친구를 헐뜯는 말을 할 때가 우리는 참 많아요. 이러한 말들은 입으로 여러 가지 죄를 내뱉고 있는 것이에요. 고약한 냄새를 풍기는 것이지요. 우리는 진실하고 거짓이 없는 말을 해야 하겠어요. 말 한 마디를 할 때도 혹 그 말로 인해 친구가 상처를 받지 않을까 조심해야겠어요. 더욱이 가까운 가족과 친구라고 말을 함부로 해서는 안 됩니다. 나보다 어리다고 무시하거나 조금 모자라는 아이라고 결코 무시하는 말을 하지 말아야 합니다. 늘 말 한마디라도 친절하게 겸손하게 거칠은 말을 하지 않아야 합니다. 깨끗하고 맛있는 음식은 좋아하면서 입으로 나쁜 말을 한다면 '윙-' 하고 파리가 우리 어린이들을 찾아올 거예요. 아름다운 향기를 맡고 벌과 나비가 찾아오면 얼마나 좋을까요? 잊지 마세요. 착하고 아름다운 말을 할 때 우리의 입에서 예수님이 기뻐하시는 향기가 난답니다.

예화
1842년에 태어난 도미니꼬 사비오는 예수님을 무척 사랑하는 소년이 있었어요. 4살 때부터 기도하는 것을 좋아했어요. 나쁜 말을 하지도 듣지도 않으려 하면서 생활했답니다. 도미니꼬 사비오는 어떤 말이나 행동을 할 때에도 늘 자신이나 남을 위해서 도움이 되는 것만을 했으며, 늘 겸손한 태도로 남이 말하는 것을 가로채어 중단시킨다든가 하지 않고 끝까지 기다렸다가 말하곤 했답니다. 따돌림을 받는 아이들에게 위로와 용기를 주는 친구가 되었고, 좋은 말과 충고로 도와 주었으며, 그들의 기분이 크게 상하거나 화가 날 때에도 도미니꼬의 사랑에 찬 겸손한 말과 태도 때문에 착한 마음을 회복하게 되곤 했답니다. 도미니꼬 사비오는 매우 친절했기 때문에 특히 아픈 아이들에게는 간호사와도 같았어요. 그들이 몹시 아프게 되면 도미니꼬 사비오를 찾았답니다.

결론
어린이 여러분들도 도미니꼬 사비오처럼 예수님이 기뻐하시는 말을 하고 싶지 않나요?

예수님께서는 거친 말, 교만한 말, 더러운 말을 싫어하세요. 예수님을 본받아 늘 겸손한 말, 친절한 말, 예쁜 말을 합시다. 말을 할 때마다 예수님을 느끼게 하고, 우리들의 입에서 아름다운 향기가 나기를 바래요.

39
부 자와 거지 나사로

주제: 인물

본문: 누가복음 16:19-31

…아브라함이 가로되 얘 너는 살았을 때에 네 좋은 것을 받았고 나사로는 고난을 받았으니 이것을 기억하라 이제 저는 여기서 위로를 받고 너는 고민을 받느니라 - 중략

도입

(인형극을 사용해서 도입을 하면 좋다. 부자와 나사로의 내용 중 마지막 부분을 잠시 연출한다.) 친구들, 이 사람들이 누구일까요? 예 부자와 나사로에요. 오늘은 우리 친구들과 함께 이 두 사람에 대해 함께 알아보려고 해요.

본론

먼저 부자 아저씨는요. 성경에 보니까 …자색옷, 고운베옷, 호와로이 연락하고 부족한 것 없는 다시 말해서 먹고, 마시고 즐기면서 세상을 살았어요. 그런데 부자는 말 그대로 부자이면서도 아주 인색한 구두쇠였어요. 어느 정도였나 볼까요. 누가복음 16장 21절을 보세요. "부자의 상에서 떨어지는 것으로 배불리려 하매…" 세상에@@! 거지 나사로는 부자의 상에서 떨어지는 부스러기만 먹었답니다. 정말 욕심꾸러기, 구두쇠지요? 부자이면서도 거지에게 먹을 것을 주지 않으니 말이에요. 그것뿐이 아니었어요. 부자는 교만한 사람이었어요. 얼마나 교만했는지 지옥에 가서도 천국에 있는 나사로에게 심부름을 시키려고 했답니다. 좋아요. 다 좋아요. 구두쇠, 교만한자… 이런 잘못은 다 회개하면 용서받으니까요. 그런데 더 중요한 것은 이 부자는 회개를 안 한다는 것이에요. 누가복음 16장30절을 보면 "가로되 그렇지 아니하니이다. 아버지 아브라함이여 만일 죽은 자에게서 저희에게 가는 자가 있으면 회개하리이다." 죽은 자가 살아나서 자기 집 식구들에게 가야만 회개할 것이다.

그래요. 부자는 바로 이런 사람이었어요. 인색한 구두쇠, 교만한 자 그리고 회개할 줄 모르는 어리석은 자 였어요. 이런 사람이기 때문에 부자는 죽어서 지옥에 갈 수밖에 없었던 거예요.

그러면 천국에 간 나사로에 대해 알아볼까요. 거지인 나사로는 20절에 보니까 "나사로라 이름한 한 거지가 헌데를 앓으며 그 부자의 대문에 누워" 너무 불쌍하지요? 나사로는 상처가 나서 "끙끙" 앓으면서도 잘 참는 인내심이 많은 사람이었어요. 그리고 상에서 떨어진 음식 부스러기를 먹을 정도로 겸손했고요. 그리고 온유한 사람이라는 것을 알 수 있는데 그건 개들이 상처를 핥는데도 화를 내거나 짜증부리지 않았다는 거예요.

어떻게 나사로가 이렇게 인내심이 많고, 겸손하고, 온유할 수 있었을까요? 그것은 나사로는 하나님을 믿는 믿음이 있으셨기 때문이에요. 어떻게 알 수 있을까요? 그것은 나사로가 아브라함의 품에 안겨 천국에 갔다는 것을 보면 알 수 있지요. 천국은 예수님을 믿는 사람들만이 갈 수 있는 곳이잖아요. 그러니까 나사로는 하나님을 잘 믿는 겸손하고 착한 사람이라는 것을 알 수 있답니다.

결론
자 그럼 이제 우리 다시 한번 살펴볼까요.

부자는 – 하나님을 믿지 않는 인색한 구두쇠에다가 교만하고 회개도 할 줄 모르는 어리석은 사람이구요.

나사로는 – 하나님을 믿는 사람으로써 인내심도 강하고, 겸손하고, 온유한 사람이란 말이라는 거예요.

친구들 중요한 것은 우린 먼저 하나님을 믿어야 해요. 그래야 천국에 갈 수 있지요, 그리고 하나님을 믿는다면 이젠 좀더 온유하고 겸손한 하나님을 믿는 사람답게 행동해야 해요.

그리고 무엇보다도 중요한 것은 천국도 지옥도 하나님께서 강제로 보내는 곳이 아니라는 것이에요. 하나님은 모든 친구들이 하나님을 믿기를 원하셔요. 그러나 부자처럼 돈이 아깝고 교만해서 "흥 하나님이 어딨어, 하나님을 믿으려면 날 믿어라"하는 사람들은 스스로 천국을 버리고 지옥을 향해 가는 것이구요. 부자가 아니어도, 먹을 것이 없어도 하나님을 원망하지 않고 오래 참으면서 겸손하고 온유하게 다른 사람들에게 사랑을 실천하면서 하나님을 사랑하는 사람들은 사랑하는 주님이 계신 천국으로 갈 수 있답니다.

우리 친구들은 어떤 사람이 될래요? 부자와 같은 사람이 될래요? 아니면 겸손한 나사로와 같은 사람이 될래요? 그래요. 우리 모두 하나님 앞에서 교만했던 것 친구들에게 짜증부리고, 싸우고, 하나님을 슬프게 했던 부끄러운 모습을 회개하고 이 시간 더욱 하나님을 사랑할 수 있도록 도와 달라고 기도해요.

40
열매 맺지 못한 무화과나무

주제: 성령의 열매

본문: 누가복음 13:6-9

이에 비유로 말씀하시되 한 사람이 포도원에 무화과나무를 심은 것이 있더니 와서 그 열매를 구하였으나 얻지 못한지라 과원지기에게 이르되 내가 삼 년을 와서 이 무화과나무에 실과를 구하되 얻지 못하니 찍어버리라 어찌 땅만 버리느냐 대답하여 가로되 주인이여 금년에도 그대로 두소서 내가 두루 파고 거름을 주리니 이후에 만일 실과가 열면이어니와 그렇지 않으면 찍어 버리소서 하였다 하시니라

도입

(실제 과일들을 가지고 나와서 보여준다) 농부가 과일나무를 심는 이유가 뭘까요? 많은 과일을 맺혀서 먹기도 하고 팔기도 하기 위해서이지요.

본론

오늘 성경 속에 나오는 무화과나무는 나무가 해야 할 일을 하지 않았어요. 그것도 3년씩이나요. 그래서 주인이 과수원지기에게 "이 나무는 과일도 못 맺고 땅만 차지하고 있으니 찍어버려라." 에구 어쩌면 좋지요? 3년 동안 열매 맺지 못한 무화과나무는 이제 꼼짝없이 찍혀지게 되었어요. 그런데 이때 과원지기가 얼른 말했어요. "주인님 1년만 더 기다려주십시오. 만일 올해도 과일을 맺지 못하면 그때 잘라버리겠습니다." 정말 착한 과원지기지요.

자, 우리 친구들 그러면 제일 먼저 과일나무의 사명이 무엇일까요? 열매를 맺는 것이지요. 그것도 많은 과일을 맺힐수록 더욱 주인이 그 나무를 아끼고 사랑

171

하시겠지요. 그런데 과일나무가 사명을 잊어버리고 열매를 맺지 못한다면 아무 쓸모가 없으니까 찍어서 불 피우는 데나 쓰겠지요. 성경에도 열매 맺지 못하면 불 가운데 던져 넣겠다고 하셨어요.

친구들 여기서 과일나무는 바로 예수님을 믿는 우리들이에요. 예수님은 우리들이 예수님의 과일나무답게 잘 자라면서 아름답고 좋은 열매를 많이 맺기를 원하신 답니다. 어떤 열매일까요? 사과? 배? 수박? 아니 아니요. 이런 열매들이 아니라 더 예쁘고 착한 열매요. 음… 사랑의 열매, 정직의 열매, 온유, 겸손, 용기, 충성, 절제, 인내, 희락… 등 이런 열매를 많이 맺으면 예수님이 기뻐하시고 사랑 받는 과일 나무가 될 수 있어요.

그러면 이런 열매를 맺기 위해 어떻게 해야할까요? 먼저 기도를 해야 해요. "예수님 저도 사랑을 실천하면서 많은 열매를 맺을 수 있도록 도와주세요"라고요. 그리고 예수님께서 가르쳐주신 것처럼 예배도 잘 드리고 엄마, 아빠 말씀도 잘 듣고 친구들과 사이좋게 지내야 해요. 혹시 거짓말을 한 친구가 있다면 "예수님 용서해 주세요"하고 회개하고 다음부터는 거짓말을 하지 않으려고 노력하면서 조심해서 말하면 정직의 열매를 맺는 과일나무가 되지요. 차에서 할머니, 할아버지에게 자리를 양보하면 사랑의 열매를 맺을 수 있고요. 친구가 욕해도 잘 참고 욕하지 않고 온유하게 친구에게 말한다면 인내와 온유의 열매를 맺을 수가 있어요. 그러면 이런 열매를 한 개씩만 맺으면 될까요? 아니지요. 매일매일 순간순간 마다 입술의 열매를, 행실의 열매를 주렁주렁 맺어야 해요.

그런데 어떤 친구들은 "나 교회다녀"라고 하면서 욕도 잘하고, 싸움도 하고, 엄마가 심부름 시키면 "나 안해! 형 시키면 되잖아"하면서 매일 게임이나 하고 군것질이나 하는 친구도 있어요. 이런 친구들은 결국 열매를 맺지 못하다가 "나 교회 끊었어"하면서 교회도 안나와요. 에구! 예수님이 얼마나 슬프실까요? 예수님은 이런 어린이와 같은 나무를 어떻게 하실까요? 오늘 성경 속에 나온 주인처럼 3년 기다리다가 "열매가 없으니 찍어 불에 태워버려라"하신 것처럼 세상

끝에 예수님께서 다시 오셔서 심판하실 때 결국 예수님을 떠났기 때문에 지옥에 들어가게 된다는 말씀이에요.

결론

자! 친구들 어떻게 할래요?

예수님을 믿는다고 하면서 열매 없이 지내다가 결국 예수님을 떠나 지옥에 떨어지는 과일나무가 되실래요? 아니지요. 그럴수 없지요. 우리 함께 기도해요. 지금까지 열매맺지 못하고 예수님을 슬프게 했던 잘못들을 회개하고, 이제 부터는 좋은 열매를 많이 맺는 과일 나무가 되겠다고 함께 기도해요.

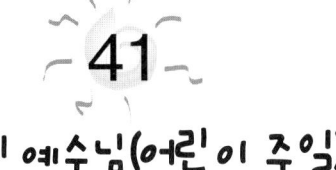

어리신 예수님(어린이 주일)

주제: 어린이

본문: 누가복음 2:41-50

그 부모가 해마다 유월절을 당하면 예루살렘으로 가더니 예수께서 열두 살 될 때에 저희가 이 절기의 전례를 좇아 올라갔다가 중략

도입

5월 5일이 무슨 날이지요? 어린이날이지요. 그런데 이 날은 누가 만들었는지 아세요? 소파 방정환 선생님이에요. 물론 어린이날은 성경에 나오지 않았지만 그래도 참 소중한 날인 것 같아요. 우리 친구들을 위해 만들어진 날이니까요.

그래서 오늘은 우리친구들과 함께 예수님의 어린 시절에 대해 함께 알아 볼 거예요. 그래서 우리 친구들도 지금부터 어리신 예수님을 따라 살면 더 많은 상급도 받을 수 있고 더 좋은 천국도 갈 수 있어요.

본론

자, 그럼 성경을 함께 볼까요.

1. 누가복음 2:49을 보세요. "예수님께서 가라사대 어찌하여 나를 찾으셨나이까 내가 내 아버지 집에 있어야 될 줄을 알지 못하셨나이까 하시니" 이 말씀은 예수님이 12살 때 부모님과 함께 예루살렘에 갔을 때 있었던 일이에요. 예루살렘은 큰 도시였어요. 그곳에서 예수님의 부모님들은 예수님을 사흘동안 잃어버렸다가 찾은 적이 있었어요. 그때 어머니 마리아께서 "얘야 어찌하여 우리를 이렇게 걱정시키느냐?"하고 물으셨어요. 그러자 예수님께서 "내가 내 아버지

집에 있어야 할 줄을 모르셨나이까"라고 대답하셨어요. 여기에서 예수님이 말씀하신 내 아버지 집은 지금으로 말하면 교회를 말해요. 하나님께 예배드리는 곳! 어리신 예수님은 교회에 계신 것을 좋아하셨어요. 하나님께 늘 예배드리고, 기도드리고, 찬양하는 것을 좋아하셨다는 뜻이에요. 아주 중요한 말씀이에요. 우리친구들은 어떠세요? 교회를 좋아해요. 하나님께 예배드리는 것 좋아해요? 예수님은 어떻게 하면 하나님께 가까이 갈까하는 생각을 하셨어요. 그래서 늘 하나님을 생각하고 말씀을 읽고, 기도를 했어요. 어리신 예수님께서 그렇게 하셨다면 우리도 더욱 하나님께 가까이 가기위해 주일은 꼭 교회에 와서 예배를 드리고, 또 평상시에도 학교갔다 오다가 교회에 들려서 기도하고 가고, 길거리에서도 유행가 대신 찬양을 드리는 친구들이 되어야 하겠어요.

2. 자 그럼! 두 번째로 51절을 보세요. "예수께서 한가지로 내려가사 나사렛에 이르러 순종하여 받드시더라…" 어린 예수님은 부모님의 말씀에 순종했어요. 순종이란 말은 부모님의 말씀을 잘 들었다는 거예요. 심부름도 잘하고, 가끔 부모님의 어깨도 안마해 드리고, 공부도 열심히 해서 기쁘시게 해드리고 또 친구들과 사이좋게 지내는 것도 부모님께 순종하는 모습이지요. 그런데 만일 엄마나 아빠가 교회 가지 말아라 하는 말씀도 순종해야 할까요? 그건 아니에요. 순종이라는 말은 주님 안에서의 부모님의 말씀을 따르는 것을 말해요. 그러니까 만일 부모님이 "우리 집은 불교니까 교회가면 안된다"라고 하셨다면 그것을 따르는 것은 하나님께서 보실 때 순종이 아니란 말이지요. 만일 부모님께서 그렇게 말씀하신다면 "저는 예수님을 믿습니다. 제가 교회가는 것만은 막지 말아주세요. 그 대신 다른 말씀은 제가 잘 들을께요."하고 정말 부모님께 잘해야요. 그래서 부모님께서 보실 때 '교회에 나가더니 정말 착해졌구나! 아빠도 교회에 가볼까' 하고 생각하실 정도로 잘해야요. 그러려면 많은 인내가 필요해요. 교회 간다고 혼내실 때 "아~띠 엄마는 왜 그래"하면서 신경질 부리는 친구도 있

어요. 그러면 안돼죠. 겸손하게, 그리고 온유하게 잘 말씀드리고 교회에 와야해요. 이것이 주님 안에서 하나님께 순종하는 모습이에요. 예수님도 먼저 아버지의 집(교회)을 찾아가서 예배드리고 기도 하셨잖아요. 그리고는 부모님께 순종하셨어요. 이것이 바로 어리신 예수님을 본받는 모습이에요.

3. 세 번째 52절에 "예수는 그 지혜와 그 키가 자라가며 하나님과 사람에게 더 사랑스러워 가시더라" 그래요. 늘 하나님께 먼저 예배드리고, 기도하면서 주님 안에서 부모님께 순종하시던 어린 예수님은 지혜가 자라 가셨어요. 그리고 하나님과 사람들 보기에 더욱 사랑스러워 가셨어요. 지혜! 이것은 공부를 잘하는 것과 같은 것은 아니에요. 공부도 잘해야 하겠지만 그것보다 더 좋은 지혜는 어떻게 하면 하나님을 더 많이 사랑할 수 있을까?, 어떻게 하나님과 사람들의 기쁨이 될 수 있을까를 생각하면서 행동하는 것을 말해요. 예수님은 어려서부터 이런 지혜가 많으셨어요. 여러분도 이런 지혜를 갖고 싶으시지요? 그럼 여러분도 예수님처럼 교회에 자주 와서 기도하세요. 집에서도 기도하고요. "하나님 저에게 지혜를 주세요. 하나님과 사람들에게 사랑스러워질 수 있도록 지혜를 주세요"하고 기도하세요. 그러면 하나님께서 꼭 들어주실 거예요.

결론
우리 친구들, 어리신 예수님이 어떻게 생활했는지 알았지요? 이제 우리도 예수님의 어린시절을 본받아 생활하세요. 에구! 매일 놀러갈 생각만 하고, PC방이나 갈려고 생각하지 말구요, 선물이나 생각하지 말고요. 생일에 초대받아서 먹을 거나 생각하지 말고요. 좀더 지혜롭게 하나님을 생각하고, 기도하고, 찬양하면서 하나님과 부모님께 순종해서 하나님께 많은 상급을 받아 더 높은 천국, 더 좋은 천국에 가는 친구들이 되시길 바랍니다.

하나님을 믿는 증거

주제: 믿음

본문: 요한일서 1:5-10

우리가 저에게서 듣고 너희에게 전하는 소식이 이것이니 곧 하나님은 빛이시라 그에게는 어두움이 조금도 없으시니라 만일 우리가 하나님과 사귐이 있다 하고 어두운 가운데 행하면 거짓말을 하고 진리를 행치 아니함이거니와 저가 빛 가운데 계신 것같이 우리도 빛 가운데 행하면 우리가 서로 사귐이 있고 그 아들 예수의 피가 우리를 모든 죄에서 깨끗하게 하실 것이요-중략

도입

"아, 어떡하지? ○○○를 잃어버렸네… 아! 여기 있구나 이거 내꺼야 이리 줘!" (어떤 물건을 다른 사람에게 가지고 있게 하고 그 친구에게 내 것이라며 달라고 생 때를 쓴다. 이때 친구는 미리 "이것이 선생님의 것이라는 증거를 대보세요?"라고 말하도록 한다)

자! 친구들 이것이 선생님의 것이라는 증거가 없다면 이것을 선생님이 가져갈 수 있을까요? 자 그럼 선생님이 한가지 질문을 할께요. 여러분은 모두 하나님을 믿어요? (네) 그러면 하나님을 믿는다는 증거를 보여주세요. 우리 친구들 중에서 믿는 증거를 보여줄 수 있는 친구? 보여줄 수가 없어요? 그래요. 믿음은 옷이나 볼펜처럼 물체가 아니기 때문에 꺼내서 보내줄 수가 없어요. 토끼의 간도 아닌데 어떻게 보여주겠어요. 하지만 보여 줄 수 있는 방법이 있어요. 우리 지금부터 그 방법을 살펴볼까요.

본론

1. 자! 6절 보세요. "만일 우리가 하나님과 사귐이 있다 하고 어두운 가운데 행하면 거짓말을 하고 진리를 행치 아니함이거니와" 하나님을 믿는 것이 바로 믿음이지요? 그런데 오늘 성경말씀은 하나님을 믿는다면서 선을 행하지 않으면 거짓말쟁이다라고 말씀하고 있어요. 다시 말해서 선을 행하는 모습! 빛된 삶을 사는 모습을 보여주는 것이 바로 하나님을 믿는 믿음이 있다는 증거예요. 다시 말해서 우리들의 생활 속에서 예수님을 닮아가는 모습을 보여줄 때 그것이 믿음의 증거란 말이지요.

2. 두 번째 8-9절을 보면 "만일 우리가 죄 없다 하면 스스로 속이고 또 진리가 우리속에 있지 아니할 것이요 만일 우리 죄를 자백하면 저는 미쁘시고 의로우사 우리 죄를 사하시며 모든 불의에서 우리를 깨끗케 하실 것이요" 이것이 하나님을 믿는 두 번째 증거예요. 회개! "하나님 저는 죄인입니다. 저를 용서해주십시오" 이 말은 다시 말해서 하나님께서 우리의 죄를 용서해 주시는 분이시라는 것을 믿기 때문에 하는 기도지요? 그러므로 회개기도를 한다는 것은 예수님이 나의 구세주이시오, 죄를 용서 해주시는 분이라는 것을 믿는 증거랍니다. 그런데 그냥 기도만 한다고 증거가 되는 것은 아니에요. 완벽한 증거는 거짓말 한 것을 회개를 했으면 다음부터 거짓말을 하지 않고 정직하게 생활하는 모습이 나타나야 하는 것이에요. 그것뿐아니라 회개를 한 이후에는 더욱 예배도 잘드리고, 착한 일도 많이 하는 어린이가 되어야 한답니다. 예배시간에 장난치고 옆친구와 떠들던 친구가 "하나님 저를 용서해 주세요. 다음부터 안 그럴께요. 하고는 또 그렇게 한다면 그건 증거가 될 수 없지요.

3. 세 번째는 전도하는 어린이에요. 하나님을 믿는 친구들은 천국도 지옥도 믿지요? 그러니까 자신이 구원받은 것이 너무도 기쁘고 감사해서 다른 사람들

에게도 "예수님 믿으시고 천국가세요"하면서 기쁘게 전도를 하는 거예요. 누가 시켜서 하는 것이 아니고 집에서는 '아! 사랑하는 우리 가족이 지옥가면 안되지 모두 하나님을 믿고 천국에 가야지' 하면서 가족들에게 전도를 당연히 하지 않겠어요. 그리고 친구들에게도 "함께 교회 가자!" 생각해보세요. 사랑하는 가족, 친구, 친척들이 만일 예수님을 믿지 않으면 지옥 간다는 것을 알고 있는데 가만히 있겠어요? 아니지요? 그럴 수 없어요.

결론

예수님을 믿는 사람들은 입으로 말하지 않아도 예수님을 본받은 빛된 삶 속에서 하나님을 믿는 증거가 나타나고요. 또 회개의 삶을 통해서도 증거할 수 있어요. 그리고 무엇보다도 내가 믿는 예수님도 다른 사람도 믿고 천국가라고 전도하는 모습 속에서 우리는 믿음을 증거할 수 있답니다. 성경에도 말씀하셨어요. "주여 주여 하는자 마다 다 천국에 들어가는 것이 아니라 하나님의 뜻대로 행하는 사람이 간다"고요. 하나님은 우리의 생활 속에서 하나님을 믿는 증거를 보시고 우리들이 증거를 많이 보여드리면 상을 많이 주시고, 조금 보여드리면 상을 조금만 주셔요. 만일 부끄러운 모습만 보여드리면 심판대에서 벌을 받는 답니다.

어린이 여러분, 이제부터는 하나님께 하나님을 믿는 증거를 아주 많이많이 보여 드리세요. 그것이 하나님께 효도하는 거예요.

43
다니엘의 세 친구

주제: 믿음

본문: 다니엘 3:13-18

…만일 그럴 것이면 왕이여 우리가 섬기는 우리 하나님이 우리를 극렬히 타는 풀무 가운데서 능히 건져 내시겠고 왕의 손에서도 건져 내시리이다. 그리 아니하실지라도 왕이여 우리가 왕의 신들을 섬기지도 아니하고 왕의 세우신 금 신상에게 절하지도 아니할 줄을 아옵소서.

도입

(다니엘, 사드락, 메삭, 아벳느고의 그림을 보여준다)

여러분, 이 사람들이 누굴까요? 그래요. 2600여년전 바벨론의 느부갓네살 왕의 침공으로 바벨론 나라에 포로로 잡혀갔던 다니엘과 세 친구, 사드락, 메삭, 아벳느고에요. 다니엘과 세 친구는 바벨론에서 왕을 섬기는 일을 하게되었는데 특히 다니엘은 느부갓네살 왕이 꾼 꿈을 해몽해 주어서 나중에는 국무총리까지 되었어요. 그리고 사드락, 메삭, 아벳느고는 그곳에서 관리가 되었지요.

본론

그러던 어느 날이었어요. 글쎄 느부갓네살 왕이 금으로 자신의 모습을 닮은 동상을 만들어 놓고는 온 나라에 이렇게 명령을 내리는 것이었어요. "온 나라에 음악소리가 울려 퍼지면 그 소리를 듣는 모든 사람들은 금 신상에게 엎드리어 절하라 그렇지 않으면 극렬히 타는 풀무에 던져 넣으리라" 하나님만을 섬기는 다니엘과 세 친구들은 어쩌면 좋지요? 사실 이것은 다니엘과 세 친구를 시기하고 질투하는 사람들이 꾸민 음모였어요. 그래도 어찌되었든 이제 온 나라에 음악소리는 울려퍼졌고, 바벨론의 거의 모든 사람들이 금 신상에게 절을 했어요. 그러나 사드락, 메삭, 아벳느고는 절을 하지 않는 것이었어요. 나쁜 사람들은 이 사실을 왕에게 고자질 했어요. "왕이시여! 사드락, 메삭, 아벳느고는 왕의 명령을 어겼습니다. 그러니 그들을 풀무불에 넣으심이 가한 줄로 아뢰옵니다." 드디어 세 친구는 왕의 앞에 끌려왔어요. 왕이 말했어요. "너희들이 이제라도 다시 절을 하면 살려줄 것이다. 그러나 그렇지 않으면 저 극렬히 타는 풀무불 속에 집어넣을 것이다. 어찌하겠느냐?" 이러한 왕의 질문에 세 친구는 대답했어요. 자, 우리 함께 16절부터 18절까지 우리 함께 읽어볼까요.(합독한다) 와! 얼마나 멋져요. 죽음 앞에서도 굴복하지 않는 너무너무 멋진 세 친구지요? 도대체 이들의 믿음은 어떤 믿음일까요?

1. 그래요. 세 친구는 하나님만 섬기는 아주 강한 믿음을 가진 친구들이었어요. 그들은 왕에게 아첨하지 않았어요. 또 비겁하지도 않았어요. 우리 친구들도 이럴 수 있어요. 주일날 누군가가 놀이 공원에 놀러가자고 할때 "아! 무슨 소리야 오늘은 주일이야 하나님께 예배를 드려야지 어딜가"하고 교회에 온다면 그 친구가 바로 하나님만 섬기는 용감한 믿음을 가진 친구에요. 나쁜 친구들이 같이 돈도 뺏고, 악한 일을 하자고 할때도 그것을 용감하게 물리칠 수 있는 친구라면 그 친구는 바로 다니엘의 세 친구와 같은 믿음을 가진 친구랍니다.

2. 두 번째는 "왕이시여 우리들이 섬기는 우리 하나님께서 우리를 극렬히 타는 풀무 가운데서 능히 건져내시겠고 왕의 손에서도 건져 내시리이다." 바로 하나님께서 반드시 보호해주신다는 믿음이에요. 병자를 고쳐주시는 하나님, 죽은 자를 살리시는 하나님 기적의 하나님을 믿는 믿음, 우리들의 영혼을 지옥에 빠지지 않도록 구원해 주시는 하나님을 믿고, 또 영원한 천국으로 인도해 주신다

는 확신있는 믿음이 바로 세 친구의 믿음이지요.

3. 그리고 세 번째는 유혹을 이기는 믿음이랍니다. "그리 아니하실지라도 왕이여 우리가 왕의 신들을 섬기지도 아니하고 왕의 세우신 금 신상에게 절하지도 아니할 줄을 아옵소서" 우와 선생님은 완전히 반했어요. 얼마나 멋져요. 하나님은 언제나 좋으신 분이시다. 난 그 좋으신 하나님을 배반 할 수 없습니다. 좌, 우로 흔들리지 않는 믿음, 옳다고 생각되면 즉 하나님께서 기뻐하신다면 목숨을 바쳐도 좋다는 믿음. 정말 멋진 믿음이지요?

결론

자! 우리 친구들 훌륭한 믿음을 가진 다니엘의 세 친구는 어떻게 되었을까요? 하나님께서 이 친구들에게 어떻게 해주셨을까요? 함께 알아볼까요. 23절부터 25절까지 우리 함께 읽어볼까요. 와! 정말 하나님은 멋쟁이시지요. 하나님을 믿는 믿음을 지킨 세 친구도 훌륭한데 우리 하나님은 더 멋쟁이에다 더 위대하시지요? 그래요. 하나님을 믿는 믿음을 끝까지 굽히지 않고 죽음도 두려워하지 않았던 사드락, 메삭, 아벳느고를 하나님은 평상시 보다 7배나 더 강렬한 불 속에서 천사를 보내 지켜주시는 기적을 베풀어 주셨답니다.

우리 친구들 하나님은 하나님을 믿고 의지하는 사람들을 결코 실망시키지 않으셔요. 우리 친구들도 용감하게 하나님을 믿는 믿음을 꼭 지키시길 바랍니다.

44
예수님께 드릴 선물

주제: 성탄절

본문: 마태복음2:9~11

박사들이 왕의 말을 듣고 갈쌔 동방에서 보던 그 별이 문득 앞서 인도하여 가다가 아기 있는 곳 위에 머물러 섰는지라 저희가 별을 보고 가장 크게 기뻐하고 기뻐하더라. 집에 들어가 아기와 그 모친 마리아의 함께 있는 것을 보고 엎드려 아기께 경배하고 보배합을 열어 황금과 유향과 몰약을 예물로 드리니라

도입

여러분! 12월 25일은 무슨 날이죠? 성탄절이에요. 성탄절은 무슨 날이에요. 누가 한번 얘기해 볼까요. 성탄절은 우리 죄인들을 구원하시기 위해 예수님께서 아기의 모습으로 이 땅에 태어나신 날이에요. 우리 친구들 성탄절이 되면 기분이 어떤가요. 부모님이 선물도 사 주시고 친구들과 선생님께 카드도 보내지요. 성경에 보니까 동방박사 세사람도 아기 예수님께 가장 귀한 황금과 유향과 몰약을 드렸어요. 예수님은 성탄절의 주인공이시기 때문이죠. 그런데 그 예수님께서 우리 친구들에게 받고 싶으신 선물이 있으시대요. 그게 무엇인지 우리 한번 알아볼까요?

본론

(동화설교로 그림을 사용하여 동화구연식으로 전개한다)

어느 날 아주 추운 겨울날이었어요. 한 꼬마 친구가 한 집 창문 앞에서 손을 "호호" 불며 집안을 살펴보고 있었어요. 그 아이의 이름은 요한이었어요. 요한이는 엄마가 오래 전 병으로 돌아가시고 아빠마저 일을 한다고 서울에 올라가고 동생과 단 둘이서 작고 허름한 집에서 살아가고 있었어요. 요한이는 집에서 동생을 보살피며 밥도 하고 손으로 빨래도 하며 엄마, 아빠가 해야 할 일을 다 하는 아주 착한 아이였어요. 그래서 동네 어른들은 요한이의 집에 가끔 맛있는 음식도 갖다 주시고 때로는 천원, 이천원 이렇게 요한이의 손에 용돈도 쥐어주셨어요. 요한이는 집앞 가게를 지나갈 때면, 그 돈으로 따뜻한 호빵도 사먹고 싶었지만 가게앞에서 주저주저하다가 그냥 집으로 돌아오곤 했어요. 왜냐하면 주일이 되면 헌금을 해야 하는데 하나님께 드릴 헌금이 없었기 때문이에요. 요한이는 오늘도 아랫마을 할머니가 주신 천원을 한번, 두 번 곱게 접어서 장판 밑에다가 꼭 숨겨 놓았어요. 왜냐하면 동생이 보면 사먹자고 울며 떼를 쓸 것 같았어요.

오늘은 교회에서 성탄절 성극연습을 하고 집에 오는 길에 불빛이 환히 비추이는 옆집 창문 아래에 기대어 서서 안을 살짝 엿보게 되었어요. 그런데 요한이는 안에서 너무 행복한 모습을 보게 되었어요. 멋지게 생긴 아빠와 다정다감해 보이는 엄마와 요한이의 친구 상철이가 "하하하 호호호" 웃어가며 맛있는 피자를 먹고 있는 거였어요. 요한이는 군침이 막 돌았어요. '나도 저 피자 동생하고 같이 먹었으면…' 그러자 갑자기 손등으로 무언가 떨어지고 있었어요. 여러분! 그게 무엇이었을까요? 네 바로 요한이의 눈에서 눈물이 흐르고 있었던 거예요.

요한이는 하늘에 계신 엄마가 보고 싶었어요. 그리고 오래 전 돌아가실 적 엄마가 하신 말씀이 생각났어요. 엄마는 그때 요한이와 동생의 손을 꼭 잡으며 이렇게 말씀하셨어요. "요한아! 엄마는 우리 요한이와 기쁨이가 싫어서 떠나는 게 아니란다. 엄마는 우리 요한이, 기쁨이, 그리고 아빠, 엄마, 이렇게 우리 식구가 살 천국의 집이 얼마나 잘 만들어져 있는지 보려고 먼저 하늘나라에 가는 거야. 엄마가 먼저 가야지 우리 요한이와 기쁨이가 좋아하는 피자도 만들어 놓고 예쁜 꽃도 꽂아놓고 우리 식구들을 기다리지. 그러니까 우리 요한이 동생 잘 보살펴고 교회도 빠지지 말고 열심히 나가야 한다. 그러면 하나님께서 우리 식구가 빨리 만날 수 있도록 해 주실거야. 아빠 말씀도 잘 듣고…".

요한이는 그때 엄마가 하신 말을 생각하며 주일이 되면 한번도 빠지지 않고 교회에 나갔어요.

요한이는 부러운 눈으로 친구의 집을 몰래 엿보다가 발걸음을 돌려서 집으로 돌아왔어요. "쾅, 쾅, 쾅" "누구세요?" "나야. 형이야 빨리 문 열어." 기쁨이가 반갑게 문을 열어주었어요. 그날 밤 요한이는 낮에 본 피자가 계속 먹고 싶었지만 꾹 참으면서 동생을 꼬옥 끌어안고 잠을 잤어요. 창문 밖에서는 별님들이 총총이 떠서 자장가를 불러주었지요.

며칠 후 주일이 되었어요. 요한이는 이불 속에서 계속 잠자고 있는 기쁨이를 마구 깨웠어요. "얼른 일어나, 교회가야 한단 말야." "형아, 나 오늘 안가면 안돼? 밖에는 춥구 더 자구 싶단 말야." "안돼! 엄마가 있는 곳에 가려면 교회에 한번도 빠지면 안된다구! 엄마 안보고 싶어?" 형의 말에 기쁨이는 반은 잠긴 눈을 손으로 비벼가며 꾸역꾸역 일어났어요. 그리고 찬물로 세수를 대충하고 교회로 갔어요.

"어, 우리 요한이와 기쁨이 왔구나. 어서 앉으세요. 그리고 예수님께 기도해야지?" 예쁜 선생님이 반갑게 맞아 주었어요. "두 눈을 꼭 감아요. 두 손을 곱게 모아 진실된 맘으로 기도를 드려요. 사랑을 줄 수 있는 아름다운 기도를 가장 솔직하게 주님께 고백해요" 찬양을 부르고 기도를 한 뒤 전도사님의 광고시간이 되었어요. "우리 친구들, 다음주가 무슨 날인 줄 알아요?" "네." "무슨 날이죠?" "크리스마스요!" "맞아요. 우리 아기 예수님이 이 땅에 태어나신 성탄절이에요. 그래서 우리 친구들도 아기예수님께 드릴 선물을 준비해야 할 것 같아요. 그래서 다음주까지 예수님께 드릴 선물을 하나씩 준비해서 가져오세요. 큰 것이 아니어도 좋으니까 정성을 다해서 준비해 오세요. 알겠죠?" "네ー!"

요한이는 집에 오는 길에 곰곰이 생각했어요. '돈도 없는데 나는 예수님께 무엇을 드릴까?' 아무리 생각해도 예수님께 드릴 만한 것이 요한이에게는 없었어요. 그래서 요한이는 잠자고 있는 동생의 머리맡에 조용히 무릎을 꿇고 예수님께 기도를 했어요. "예수님! 예수님이 갖고 싶은 것은 무엇이세요? 말씀해 주세요. 그런데 저는 돈이 별로 없어요. 그래도 비싼 것을 좋아하시면 내가 더 많이 착한 일을 해서, 어른들이 착하다며 주신 돈을 모아 사 드릴께요. 예수님이 가장 갖고 싶은 걸 말해 주세요."

바로 그때였어요. "휘~휘~"하고 바람부는 소리가 들리는 가 하더니 이상한 소리가 들렸어요. 아주 또박또박한 목소리였어요. "사랑하는 우리 아이, 요한아, 내가 가장 갖고 싶은 것은 바로 너란다. 너를 나에게 줄 수 있겠니?" "···" 요한이는 깜짝 놀랐어요. 방에는 잠자는 동생과 자기밖에 없었는데 어른의 목소리가 들리는 것이었어요. 살짝 눈을 떠보니 방안이 온통 환한 빛으로 가득했어요. 그 속에 예수님이 서 계셨어요. 하이얀 옷을 입은 예수님은 요한이를 쳐다보며 빙그레 웃고 있었어요. "예수님!" 예수님은 말없이 요한이를 보고 계셨어요. 그 날 밤 요한이와 기쁨이는 예수님의 따뜻한 품속에서 달콤한 잠을 자게 됐어요.

"고요한 밤 거룩한 밤, 어둠에 묻힌 밤" 여기 저기서 성탄을 축하하는 찬양소리가 울려 퍼지는 날, 요한이는 일찍 일어나 동생을 깨워서 교회로 갔어요. 많은 친구들이 한 손에 예쁘게 포장된 선물을 들고 예배당으로 들어왔어요. 선생님께서 한명, 한명 친구들을 앞으로 부르며 예수님께 드릴 선물이 무엇인가 물어보았어요. 드디어 요한이 차례가 되었어요.

"김요한 어린이." "네." "예수님께 드릴 선물이 무엇인가요?" 그러자 요한이는 조용히 일어나 선생님쪽으로 걸어 나갔어요. 그리고 큰 목소리로 또박 또박 이렇게 말했어요.

"예수님께 드릴 선물은 바로 저예요. 예수님이 저를 갖고 싶대요. 그래서 예수님께 제가 편지를 썼어요."

하얀 편지봉투에 들어있는 편지를 선생님께 전해 드리자 선생님은 그것을 펴

보시고는 살짝 웃으시며 요한이에게 직접 편지를 읽어보라고 말씀하셨어요. 떠들고 있던 친구들도 입을 다물고 요한이를 쳐다보았어요.

"예수님, 생일축하드려요. 예수님이 제일 받고 싶은 것이 저라고 하셨죠. 그래서 생각했어요. 앞으로는 교회도 더 열심히 나가고 동생도 잘 도와주고 착한 일도 많이하는 요한이가 되겠다구요. 예수님 사랑해요. 그리고 생일축하드려요. 그리고 한가지 소원이 있는대요. 엄마가 한번만 기쁨이 꿈에 나타났으면 좋겠어요. 기쁨이가 엄마를 많이 보고 싶어하거든요. 요한이가." 주변에 있던 친구들과 선생님의 눈에서는 눈물이 흐르고 있었어요.

결론
어린이 여러분! 어땠어요? 요한이와 성탄절 이야기 잘 들으셨죠? 예수님의 성탄이 가까워오고 있는데 우리도 한가지씩 예수님께 드릴 것을 준비하도록 해요. 어른들도 그동안 주님께 성경읽기, 금식기도…등을 해왔어요. 우리 친구들도 하루에 한 장 성경읽기라든가 잠자기 전 꼭 기도하고 잔다거나, 오락실을 가지 않는다거나 하는 것들을 예수님을 위해 준비하면 좋겠어요. 오늘부터 꼭 해보도록 해요. 마지막으로 예수님이 가장 가지고 싶은 것은 비싼 선물, 옷, 음식 이런 것들이 아니라 바로 우리 친구들이라는 것 꼭 잊지 마세요. 기도하겠습니다.

45
어린이와 천국

주제: 어린이

본문: 마가복음 10:13-16

내가 진실로 너희에게 이르노니 누구든지 하나님의 나라를 어린 아이와 같이 받들지 않는 자는 결단코 들어가지 못하리라 하시고 -중략

도입

(멋진 경치 사진을 여러 장 보여줌)

여러분, 이런 곳에 가고 싶나요? 이보다 더 멋지고 아름다운 곳이 있지요. 그곳은 어떤곳일까요? 네! 천국이지요. 여러분, 천국 가고 싶으세요? 그러면 자라지 마세요. 오늘 성경 말씀에 보니까 천국에 들어가려면 어린아이와 같아야 한다고 하셨네요? 어쩌나 그럼 선생님은 어린아이가 아니라서 못 들어 가겠다. 오늘 성경말씀이 이런 뜻일까요? 아니지요. 혹시 이 자리에 있는 친구들 중에 히히! 난 어린아이니까 천국에 들어갈 수 있지. 하고 착각하고 있는 친구가 있다면 꿈을 깨세요. 15절을 보세요. 중요한 것은 '어린아이와 같이 받드는 자의 것'이랍니다. 헷갈리죠? 자 그럼 이제 우리 함께 성경말씀을 잘 살펴보면서 누가 천국에 들어갈 수 있는지 알아볼까요.

본론

먼저 어린아이와 같은 믿음이란 그대로 믿는 순수하고 깨끗한 믿음을 말씀하시는 거예요.

천국과 지옥이 있다는 것을 믿으십니까? 그래요. 바로 말씀에 있는 그대로 믿는 거예요. 소련의 어떤 우주비행사 아저씨처럼 "내가 달나라 가서 우주를 내려다보니깐 천국, 지옥, 하나님이 어디 있어 전혀 없더라."하면서 큰소리치는 그런 바보 같은 사람이 아니예요. '태초에 하나님이 천지를 창조하시니라' 라고 성경에 써있으니깐 그대로 믿는 믿음! 예수님께서 우리의 죄를 대신해서 십자가에 못 박혀 죽으셨다는 것을 그대로 믿는 믿음, 그리고 그 죽으신 예수님께서 다시 부활하셨다 했으니까 그대로 믿는 믿음! 이것이 바로 어린아이와 같은 믿음이랍니다.

어떤 친구들은 몸은 어린아인데 믿음은 어린아이와 같지 않은 친구들도 있어요. 예수님을 믿으면 천국에 갈 수 있다고 하나님께서 말씀해주셨는데 그것을 잘 믿지 못하고 엄마나 아빠도 다른 사람들이 "야, 웃기지마 천국이 어딨고 지옥이 어딨어? 뭐 하나님을 믿어. 그러려면 나나 믿어!, 아니면 절이나 가." 이렇게 말하는 사람들의 말을 믿고는 교회에 안 나와요. 길 가다가 선생님이 "어 ○○야 왜 주일날 교회에 안 나왔니?"하고 물으면 "저 교회 끊었어요. 이제부터 절에 다닐 거예요." 이렇게 말하는 친구들이 있어요. 얼마나 불쌍해요. 그대로 믿는 순수한 믿음이 없어서 마귀의 꼬임에 넘어간 거예요. 이런 친구들은 천국에 갈 수가 없지요. 하지만 말씀을 순수하게 그대로 믿는 어린이들은 천국에 갈 수 있답니다.

두 번째로 순종하는 믿음, 다시 말해서 깨끗한 행동이 있어야 해요.

예수님의 말씀 그대로 실천하는 믿음이 있어야해요. 예수님께서 성경에 나 외에 다른 신을 섬기지 말라 했으면 부처를 믿는다든지, 아니면 무슨 귀신볼펜을 믿는다든지, 무당이나 점장이를 믿으면 안돼잖아요. 그리고 예수님께서 안식일을 거룩히 지켜라 하셨으니까 우리가 오늘 주일날 이렇게 교회에 나와서 예배를 드리는 거 아닙니까? 그렇지요. 성경에 부모님의 심부름은 절대로 하지 마라 이런 말씀을 하셨어요. 아니지요. 내 부모를 공경하라 하셨잖아요. 그러면 부모님의 심부름도 잘하고, 좀 멀고, 귀찮아도, 추워도, 비가와도 교회에 잘 나오는 어린이가 순종하는 믿음을 가진 어린이가 되고, 천국에 들어갈 수 있다는 것이에요.

결론

이렇게 성경 말씀 그대로 믿는 순수한 믿음과 말씀대로 살아가는 순종하는 믿음을 가진 사람을 어린아이와 같은 믿음을 가졌다고 하신 것이에요. 아주 착한 마음을 가진 순수하고 깨끗한 어린이! 바로 이런 믿음을 가진 사람이란 말이지요.

이런 사람들은 마귀가 어떻게 유혹을 해도 하나님만 믿을 거고요. 나쁜 사람들이 아무리 욕을 해도 함께 욕하지 않고 그 욕하는 사람을 위해서 기도하는 사람이 될 것입니다. 예수님의 말씀을 믿고 순종하는 어린이들은 구원받아서 천국에 가게 될 거예요. 그렇지 않고 늘 자기가 똑똑한 줄 알고 따지고, 싫어! 소리나 잘하고 회개도 하지 않는 그런 친구들은 지옥에 떨어질 수 있답니다. 부디 우리 친구들은 모두 예수님의 말씀 그대로 믿는 순수한 어린이! 그리고 하나님의 말씀대로 살아가려고 꾸준히 노력하는 순종하는 믿음을 가진 어린이가 되어 모두 천국에 가시길 바랍니다.

46
예수님을 닮아가라

주제: 성화
본문: 마태복음 16장 24
이에 예수께서 제자들에게 이르시되 아무든지 나를 따라 오려거든 자기를 부인하고 자기 십자가를 지고 나를 좇을 것이니라

도입

(서로 닮은 그림이나 물건을 보여준다. 단 서서히 닮아 가는 것이어야 한다. 즉 아들과 아버지의 사진 같은 것이어야 한다.)

"우리 친구들 이 사진이 서로 어때요? 닮았죠. 그래요. 사진을 보니깐 서로 닮았어요. 그런데 왜 닮았을까요? 아버지와 아들이니까 그렇죠? 그런데 닮아간다는 것은 이렇게 외모만 닮은 것을 말하진 않아요. 외모도 닮아가지만, 마음, 행동, 말투 이런 것들이 모두 닮아요. 그래서 누군가를 닮는 다는 것은 굉장히 중요해요. 아들이 존경하는 아빠를 닮아간다든지 아주 훌륭한 선생님을 닮아간다면 굉장히 좋겠죠. 그런데 만일에 조직폭력배를 닮아 간다든지, 아니면 날라리 친구들을 닮아간다든지 하면 어떻게 될까요. 욕도 잘하고, 거짓말도 잘하고, 친구를 때리고 그러면서 마귀를 닮아 간다면…. 어휴! 정말 생각만 해도 끔찍하죠.

본론

자! 그렇다면 여러분들은 누구를 닮고 싶으세요? 가수? 개그맨? 요즘엔 이런 사람들을 닮고 싶어하는 친구들이 많이 있죠. 그런데 이분들이 인기를 얻기 위해서 거짓말도 하고 잘난체도 하고 있다면, 그래도 닮고 싶으세요? 회개기도도 안하고 돈과 인기만을 얻으려한다면 그런 것을 닮아 갈 수는 없죠. 그렇다면 우리는 누구를 닮아가야 할까요? 세상에서 가장 착하고 훌륭한 분이 계세요. 전부를 다 닮아도 좋은 그분은 바로 예수님! 그래요. 우린 바로 천국의 주인이신 예수님을 닮아가야 해요. 그럼 우리가 예수님을 닮으려면 어떻게 해야 할까요? 그 방법을 알아야 예수님을 닮아 갈 수 있지요. 흠-음?? 어떻게 해야할까? 걱정마세요. 좋으신 하나님께서 우리들에게 이미 예수님을 닮아 가는 방법을 가르쳐 주셨으니까요.

오늘 성경 말씀을 다시 한번 보세요. 아주 자세하게 세 가지로 나누어서 가르쳐 주셨어요. 먼저 24절에 "아무든지 나를 따라오려거든 자기를 부인하고…" 아! 그래요. 예수님을 닮으려면 바로 자기를 부인하는 거예요. 여기서 자기를 부인한다는 것은 쉽게 말해서 자기의 것을 버리는 것을 말해요. 자기 방법, 자기 욕심을 게임을 하거나 놀이를 할 때 "이렇게 하는거야, 아니야 이렇게 하는거야."하면서 서로 자기가 옳다고 고집부리고 주장하다가 싸우죠. 이때 자기를 부인하기 위해서는 친구의 의견을 잘 듣고 좀 맞지 않는 것 같아도 따라주는 것, 이것이 바로 자기를 부인하는거예요. 또 TV를 볼 때도 누나나 형, 또는 동생하고 잘 싸우지요. 서로 자기가 보고 싶은거 본다고요. 이때 자기를 부인하려면 어떻게 해야하지요? 그래요. 바로 양보하는거예요(예: 예수님 사마리아 촌을 돌아가신 사건). 생각해보세요. 자기 것을 잔뜩 가지고 심술, 욕심, 짜증, 욕 이런 것을 가지고 예수님을 닮아 갈 수는 없지요. 그러니까 예수님을 닮아가기 위해서는 자기가 지금까지 가지고 있었던 나쁜 성격, 나쁜 말, 욕심, 자존심, 고집, 이런 것들을 버려야 해요.

두 번째로 예수님은 24절 끝에 "자기 십자가를 지고"라고 하셨어요. 아! 그러면 지금 산에 가서 나무를 잘라다가 나무 십자가를 만들어서 지고 다니면 되겠다. 어떻게 생각하세요. 이런 말씀이실까요? 아니죠. 예수님께서 자기 십자가를 지라는 것은 진짜 나무 십자가를 말하는 것이 아니고요. 예수님을 믿고 예수님을 닮기 위해 받는 핍박, 조롱, 멸시, 천대를 잘 참고 견디면서 사랑을 실천해야 한다는 것이에요. 예수님도 고통과 핍박 그리고 조롱 속에서 십자가를 지고 골고다를 올라가셨죠. 그리고 십자가에 못 박혀 죽으시는 그 순간까지도 사람들에게 놀림을 받으셨어요. "네가 하나님의 아들이라고, 흥! 그럼 어디 한번 내려와 보시지!" 그런데 그때 예수님은 "아버지여 저들의 죄를 용서하여 주십시오. 저들은 자기들이 지금 얼마나 큰 죄를 짓고 있는지도 모르고 있습니다."하시면서 오히려 용서해 주셨어요. 바로 이것이 자기를 부인하고 십자가 지는 모습이지요. 우리들도 예수님을 닮아가기 위해 우리를 약올리고, 때리는 친구가 있다면 그 친구를 위해 기도해야 하는 거예요.

세 번째로 예수님을 닮기 위해 가장 중요한 것은 바로 24절의 끝에 "나를 좇을 것이니라."라고 하신 말씀이랍니다. 아무리 자기를 부인하고 십자가를 져도 예수님을 끝까지 따라가지 않으면 천국엔 갈 수가 없지요. 예수님의 제자 가룟 유다는 예수님을 잘 따라다니다가 마지막에 예수님을 배반하고 다른 길로 갔지요. 그러다가 그는 지옥에 가고 말았어요. 그렇다면 예수님을 좇아간다는 것은 무엇을 말할까요? 그것은 바로 예수님을 끝까지 잘 믿는 것을 말해요.

결론

순간순간 힘들고 어려울때 나를 위해 십자가에 못 박혀 돌아가신 예수님을 생각하며 "이렇게 힘들 때 예수님이라면 어떻게 하셨을까"를 생각하면서 겸손하셨던 예수님! 정직하셨던 예수님! 오래 참으셨던 예수님! 을 생각하면서 끝까지 자기를 부인하고, 자기 십자가를 지고 따라가는 사람! 이런 사람이 예수님을 닮을 수 있고 결국엔 예수님이 계신 천국에 가서 영원히 살게 된답니다. 그러기 위해선 우리들의 생각이나, 시간을 많이 예수님께 드려야 해요. 자! 이제는 우리 모두 예수님을 더욱 더 닮기 위해 노력해요.

시청각자료 ....

47

방 없어요

주제: 성탄절
본문: 누가복음 2장 7절
맏아들을 낳아 강보로 싸서 구유에 뉘었으니 이는 사관에 있을 곳이 없음이라

도입

(불을 다 끄고 촛불을 들고 나옴)

"♬그 어린 주 예수 눌 자리 없어 그 귀하신 몸이 구유에 있네 ♬"

"메에에에 메에에에" "음매! 음매!" "응애! 응애!" 이게 무슨 소리이냐구요? 베들레헴 마굿간에서 들려오는 소리예요. 어린이 여러분! 그런데 참 이상한 일이에요. 소, 염소, 말들이 콜콜 자는 마굿간에서 왜 아기 울음소리가 들리는 걸까요? 조용히 귀를 기울여 들어보세요.

본론

이스라엘 나라는 로마의 다스림을 받고 있었어요. 어느 날 로마황제인 가이사 아구스도가 로마 방방곡곡에 인구조사(호적) 명령을 내렸어요. 그 명령을 내린 것은 이스라엘 사람들로부터 세금을 잘 거둬들이기 위함이었어요. 많은 사람들이 호적을 하러 각각 고향으로 돌아갔어요. 요셉과 만삭이 된 마리아도 호적을 하기 위해 베들레헴을 향해 먼길을 떠났어요. 베들레헴에 거의 도착할 무렵 마리아가 곧 아기를 낳을 것 같았어요. 요셉과 마리아는 이곳 저곳 여관집 문을 두드렸어요. "혹시 빈 방 없나요. 아내가 출산할 날이 다 되어 쉬어야 할 곳이 필요합니다." "안돼요. 방이 없으니 딴 곳으로 가요!" 여관집 주인은 문을 "쾅"하고 닫아 버렸어요. 다른 곳을 찾아보았지만 마찬가지였어요. 이미 여관집들은 호적을 하러 온 많은 사람들로 인해 꽉 차 있었어요. 더구나 가난하고 초라한 요셉과 마리아에게 방을 내어줄 착한 주인은 없었나봐요. "아, 어쩌면 좋아요. 이스라엘은 밤이 되면 굉장히 추워져요. 누가 방을 내어줄 사람이 없을까요?" 요셉과 마리아는 힘없이 돌아섰어요.

어린이 여러분! 여러분이 만약 여관주인이라면 어떻게 할건가요. (아이들). 그래요. "방 있어요. 제 방을 내어드릴게요."라고 이야기 할거라고요. 그러나 아기 예수님께 방을 기쁨으로 내어주지 않는 친구들이 있어요. "선생님, 그렇게 나쁜 친구도 있나요?"라고 이야기할 지도 몰라요. 하지만 그 친구들의 모습이 바로 우리의 모습이에요.

미움, 다툼, 욕심이 마음에 가득한 친구들은 아기 예수님께 기쁨으로 방을 내어 줄 수 없어요. 우리가 무언가를 배불리 먹고 나면 아무리 맛있는 것을 주어도 먹을 수 없듯이 우리들의 마음에 미움, 다툼, 욕심, 시기, 질투로 이미 꽉 차버려서 예수님이 들어갈 수 없는거예요. 우리들의 마음에 예수님보다 친구들, 연예인들, 부모님으로 가득 차 있다면 예수님은 들어올 수 없어요. 예수님보다 장난감, 인형, 예쁜 머리핀, 옷 등에 마음이 더 많이 뺏긴다면 예수님은 들어올 수 없어요. 이러한 친구들은 "방 없어요. 딴 곳으로 가요."라고 이야기 할거예요. 왜냐하면 예수님께 방을 내어 드리면 나의 욕심을 채울 수 없기 때문이지요. 또한 나에게 손해나 불편이 올까봐 두려운 거예요. 아기 예수님께 방을 기쁨으로 내어 주고 싶나요. 그러면 미움, 다툼, 시기, 질투를 버리고 욕심으로 가득찬 우리들의 마음을 예수님의 피로 씻어달라고 고백드려보세요. 그러한 친구들에게 아기 예수님이 찾아 오실거예요.

그때였어요. 힘없이 돌아서는 요셉과 마리아를 누군가가 불렀어요. "여보시오. 혹시 마굿간이라도 괜찮으시다면 이곳에서 하룻밤을 쉬어 가세요." "예, 감사합니다." 요셉과 마리아는 냄새나는 누추한 마굿간으로 들어갔어요. 조금 후

마굿간에서 "응애! 응애!" 하는 아기 울음 소리가 들렸어요. 아기 예수님이 강보에 싸여서 말구유에 누워 계셨어요. 아기 예수님이 방긋 방긋 웃고 계셔요. "아기 예수님이 태어나셨어요. 우리 함께 모두 축하해요."

결론

어린이 여러분, 아기 예수님은 하늘 영광 보좌를 버리고 낮고 천한 베들레헴 마굿간에서 태어나셨어요. 겸손한 모습으로 이 땅에 오셨어요. 우리에게 사랑을 나누어주러 오신거예요. 우리의 미움, 다툼, 욕심을 버리고 사랑을 나눌 때 예수님께 방을 내어줄 수 있어요. 주위를 돌아보세요. 가난하고 불쌍한 친구들에게 예수님의 사랑을 나누어주세요. 아기 예수님이 이땅에 왜 태어나셨는지 알지 못하는 친구들에게 "아기 예수님은 우리를 죄에서 구원하시려고 이땅에 태어나셨단다. 우리에게 사랑을 주시려고 태어나셨단다."라고 이야기해주세요. 하나님이 무척 기뻐하실 거예요.

48

보물을 하늘에 쌓는 어린이

주제: 소망

본문: 마태복음 6:19-21

너희를 위하여 보물을 땅에 쌓아 두지 말라 거기는 좀과 동록이 해하며 도적이 구멍을 뚫고 도적질하느니라 오직 너희를 위하여 보물을 하늘에 쌓아 두라 거기는 좀이나 동록이 해하지 못하며 도적이 구멍을 뚫지도 못하고 도적질도 못하느니라 네 보물 있는 그 곳에는 네 마음도 있느니라

도입

(반지, 목걸이, 장난감, 인형, 옷 등을 보여주면서)

여러분이 가장 아끼는 보물은 무엇인가요? 일기장, 반지, 자동차, 악세사리, 돈, 보석…. (아이들). 그렇다면 이러한 소중한 보물을 아무 곳에나 놔두지는 않겠죠. 여러분이 소중하게 여기고 아끼는 것일수록 잘 보관하려고 하겠죠. "꼭꼭 숨어라 머리카락 보인다." 아무도 모르게 몰래몰래 자기만의 비밀장소에 숨겨놓기도 하지요. 하지만 내가 아끼는 보물이 망가지거나 누군가가 가져갈 까봐 불안해 본 경험이 있지는 않았나요?

본론

일반적으로 많은 사람들이 돈, 재물을 소중한 보물로 생각하지요. 어떤 분은 돈을 옷 속에 넣고 꿰매어 입고 다니다가 죽은 사람이 있어요. 또 어떤 할아버지는 벽 속에 자신이 아끼는 보물을 숨겨놓았지만 마음이 여전히 불안했어요. 결국 신경불안으로 정신병까지 걸렸어요. 또 어떤 아저씨는 다이아몬드, 보석을 이빨 속에 박고 다녔어요. 그러나 그만 어느 날 밥을 먹다가 다이아몬드를 꿀꺽 삼키고 말았답니다. 이처럼 이 땅에 보물을 쌓아두면 마음이 불안하거나 영원히 간직할 수가 없어요. 낡아지기도 하고 도둑이 훔쳐 갈 수도 있어요. 그렇다면 보물을 어디에다 쌓아 두어야 할까요? 또한 가장 안전한 장소는 어디일까요? 그래요. 가장 안전한 장소는 천국이에요. "선생님, 그런데 보물을 어떻게 천국에 쌓나요? 천국까지 손이 닿는 것도 아닌데 말이에요."라고 질문하는 친구가 있을지도 모르겠어요. 어떤 친구는 "저는 팔 힘이 굉장히 세요. 하늘까지 집어던지면 되지요."라고 이야기하네요. 공처럼 하늘로 던지면 보물이 하늘에 쌓일까요? 아니지요. 지금부터 천국에 보물 쌓는 방법을 가르쳐 드리겠어요.

첫째는 구제 할 때 보물을 하늘에 쌓을 수 있어요. "너희 소유를 팔아 구제하여 낡아지지 아니하는 주머니를 만들라."(눅12:33)라고 하신 말씀처럼 가난한 친구들을 위해 크레파스, 색종이, 스케치북, 연필, 지우개 등 나의 것을 나누어 주어요.

둘째는 헌금을 드리는 거예요. 하나님 뜻대로 쓰여지도록 기도하면서 즐거움으로 드리는 거예요.

셋째는 착한 일을 통해서예요. 기도, 예배, 전도생활을 열심히 해서 하늘에 상급을 많이많이 쌓는 것이지요. 이처럼 보물을 하늘에 쌓은 분이 있었어요.

예화

허드슨 테일러 선교사님이 물질적으로 어려움을 겪고 있던 어느 날이었어요. 석 달에 한번 받는 봉급날이 훨씬 지나도록 아무런 돈을 받지 못했기 때문에 그의 주머니에는 반 크라운 은화 한 개 밖에 없었어요. 하루 종일 전도와 심방을 하고 집에 왔을 때, 가난한 한 사람이 찾아와 죽어 가는 자기의 아내를 위해 기도를 부탁했어요. 이때 호주머니에는 당장 식비로 쓸 반 크라운 짜리 은화 한 개 밖에 없음을 알게 된 그분은 '아, 이 반 크라운 은화 대신에, 잔돈이 있다면 기쁜 마음으로 1실링을 줄 수 있을텐데' 하는 안타까운 마음으로 따라갔어요. 초라한 방에는 너댓 명의 아이들이 영양실조에 걸려 있었고, 아이를 품에 안은 한 여인이 죽어가고 있었어요. 그 여인의 남편이 "선생님, 가능하시면 좀 도와주십시오"라고 애원을 했어요. 순간 테일러 선교사님의 마음속에는 '네게 구하는 자에게 주라'는 주님의 음성이 들려왔어요. 결국 선교사님은 모든 것을 하나님께 맡기고 자신이 가지고 있던 은화 전부를 그에게 주면서 신실하신 하나님을 증거하였어요.

결론

어린이 여러분, 보물을 하늘에 쌓는 어린이는 지혜롭고 똑똑한 어린이에요. 보물이 있는 곳에 우리의 마음이 있는 것처럼 보물 있는 하늘에 빨리 가고 싶지 않겠어요. 또한 보물을 하늘에 쌓아두는 어린이를 예수님께서 기뻐하셔요. 열심히 열심히 하늘나라에 보물을 쌓는 어린이가 됩시다.

49
빛을 비추라

주제: 빛된 삶

본문: 마태복음 5:16

이같이 너희 빛을 사람 앞에 비취게 하여 저희로 너희 착한 행실을 보고 하늘에 계신 너희 아버지께 영광을 돌리게 하라

도입

(모든 불을 끄고 촛불을 들고 나옴)

여러분, 여길 보세요. 아무 것도 보이지 않지요.(촛불만 빛난다)

본론

(불을 켬) 세상엔 참 많은 사람들이 있어요. 예쁜 사람, 못생긴 사람, 옷을 잘 입고 다니는 사람, 뚱뚱한 사람, 부자, 가난한 사람 등 그런데 이들 중에서 어떤 사람을 하나님께서는 기뻐하실까요? 옷만 잘 입는 사람, 신발만, 머리만, 양말만… 멋지게 하고 있는 사람일까요? 아니예요.

(불끔) 왜냐하면 하나님이 보실 때 빛이 비취지 않으니까요. 예수님께서는 참으로 밝은 빛이셨어요. 여러분이 하나님의 자녀라면 빛을 비추는 삶을 살아야 해요. 그렇다면 빛을 환하게 비추어 하나님을 기쁘게 하는 어린이는 어떤 어린이일까요. "너희 빛을 사람 앞에 비취게 하여 저희로 너희 착한 행실을 보고"라고 성경에서 말씀하고 있지요. 그래요, 바로 예수님을 닮은 착한 어린이에요. 인사도 잘하고, 존댓말도 잘하고, 싸우지도 않고, 잘 참고, 예배시간에 장난치지 않고, 자신이 손해보고 희생하면서까지 친구들을 도와주는 등. 이러한 착한 행동이 환한 빛으로 드러나는 거예요. "히야! 저 어린이 좀 봐 예수님 믿더니 어쩜 저렇게 변했을까?" "와! 쟤 좀 봐. 교회 다니더니, 어쩜 저렇게 착해졌을까?" 그

래서 그 빛을 보고 사람들이 하나님께 영광을 돌리게 하는 어린이지요.

옷 갖고 투정하고 짜증내고, 신발 갖고, 머리 갖고, 장난감 갖고 투정을 부리고… 겉모습이 아무리 그럴듯해도 빛이 없고 어두운 어린이와 겉모습은 별로 예쁘지 못해도 빛이 환한 착한 어린이가 있어요. 여러분은 어떤 어린이가 되고 싶나요. 그래요. 예수님을 닮아 이제부터는 빛을 환하게 비추는 착한 어린이가 되어야겠지요.

예화

"나 혼자만 행복하고 편안하게 산다는 것은 있을 수 없어."라는 생각을 하면서 흑인들을 위해 모든 좋은 환경을 버리고 아프리카로 떠났던 알버트 슈바이처 박사님의 어린시절 이야기예요. 알버트와 게오르크는 학교 수업을 마치고 집으로 가는 길엔 곧잘 시합을 벌이곤 했어요. "야, 저기 풀밭에서 누가 먼저 넘어뜨리는가 시합해 보자." "알버트, 너 제 정신으로 하는 말이니? 나는 너보다 훨씬 키가 큰데 나를 넘어뜨리겠다니 말이야."

두 아이는 숨을 몰아쉬면서 서로 한참을 끌고 당기고 하였으나 좀처럼 누가 먼저 넘어질 것 같지는 않았어요. 그러다가 순간 "에잇!" 하는 소리와 함께 알버트가 몸을 낮추면서 잽싸게 게오르크의 무릎 사이로 머리를 박더니 힘을 다하여 밀어붙이는 것이었어요. 그러자 게오르크는 그만 뒤로 벌렁 넘어져 버리고 말았어요.

"어때, 오늘은 내가 정정당당하게 이겼지?" "그래, 내가 졌다. 그렇지만 네가 나를 넘어뜨릴 수 있었던 것은 어쩌면 당연한 일인지도 몰라. 너는 날마다 고기 수프를 먹지만 나는 거의 굶을 때도 많거든." 게오르크의 그 말에 알버트는 당황하지 않을 수 없었어요. 그 이후 알버트는 '나는 이제부터 절대로 가난한 집의 아이들과 다르게 살지 않을 거야. 난 다른 아이들이 먹지 않는 것을 혼자서 먹을 순 없어.'라는 다짐을 하게 되었어요. 알버트는 옷을 멋지게 입고, 좋은 음

207

식을 먹는 것보다 가난한 아이들의 친구가 되는 것을 더 좋아했어요. 가난하고 불쌍한 사람들의 친구가 되었던 예수님을 닮고 싶었던거예요. 알버트는 먼 훗날 평생을 가난하고 불쌍한 사람들을 위해서 일생을 보냈어요.

결론

어린이 여러분, 예수님을 믿고 난 후 변화 된 우리들의 모습을 보고 많은 친구들이 예수님을 믿게 된다면 얼마나 좋을까요? 또한 우리들의 착한 행실로 하나님께서 영광을 받으시면 얼마나 좋을까요? 그래요. 우리 이제부터 더 열심히 환하게 빛을 비추면서 착하게 살아가요. 여러분이 있는 곳마다 빛이 가득하길 기도 드립니다.

무엇을 줄까

주제: 지혜

본문: 역대하 1: 7

이 밤에 하나님이 솔로몬에게 나타나사 이르시되 내가 네게 무엇을 줄꼬 너는 구하라

도입

"드르릉 드르릉 쿵쿵" "똘똘아 똘똘아―" "아니, 예수님, 아니세요. 안녕하세요." "그래. 똘똘아 잘 있었니? 그래 오늘은 네가 갖고 싶은 것을 말해보렴." "제가 갖고 싶은거요. 강아지, 겜보이, 게임CD, 로봇, 멋진 축구화…" "아, 안돼요. 예수님 벌써 가시면 어떻해요. 아직 갖고 싶은 것 다 말하지 못했단 말이에요."

여러분, 꿈속에서 예수님께서 나타나셔서 "무엇을 줄까?"라고 묻는다면 여러분은 무엇을 구할건가요? (아이들)

본론

어느 날 두 여인이 명 재판관으로 유명한 왕을 찾아왔어요. 한 여인의 팔에는 갓난아이가 쌔근쌔근 자고 있었어요. "너희들은 무슨 일로 찾아왔는고" "아, 글쎄 제 말씀을 들어보세요. 이렇게 억울한 일이 어디 있습니까? 간밤에 자고 일어나니까 죽은 아이가 제 옆에 있지 뭡니까? 이 여인이 실수로 자기 아이를 죽이고 난 후 몰래 죽은 자기의 아이를 제 아이와 바꿔치기 했지 뭡니까?" "아, 아닙니다. 이 여인이 지금 제게 억울한 누명을 씌우고 있습니다." 가만히 듣고 있던 왕은 말을 이었어요. "그럼 어쩔 수 없구나, 서로 자기 아이라고 주장을 하고 있으니 지금 앉고 있는 그 아이를 똑같이 반으로 칼로 토막을 내도록 하여라."

"왕의 명령이라면 그렇게 할 수밖에 없지요. 똑같이 반으로 나눠주세요."라고 한 여인이 말을 했어요. 그러자 다른 한 여인이 엉엉 울기 시작했어요. "안됩니다. 그것만은 결코 안됩니다. 이 아이를 이 여인에게 주십시오. 아이를 죽게 할 수는 없습니다." 그때였어요. 갑자기 왕의 불호령이 떨어졌어요. "여봐라, 아이를 반으로 나누라고 한 이 여인을 당장 감옥에 넣도록 하여라. 누가 자기의 친자식을 반으로 나누라고 하는 어머니가 있겠느냐? 이 여인은 이 아기의 엄마가 아니다. 바로 울고 있는 저 여인이니라."

여러분, 정말 멋진 명 재판이었지요. 오늘 들려주었던 명 재판관은 바로 이스라엘의 세 번째 왕인 솔로몬이에요. 솔로몬은 하나님을 진실로 사랑한 왕이었어요. 그래서 하나님께 마음과 정성을 다해서 일천번제를 드렸어요. 일천번제를 드리던 마지막 날 밤 하나님께서 솔로몬에게 나타셨어요. "솔로몬아 솔로몬아 내가 네게 무엇을 주기를 원하느냐?" 어린이 여러분, 과연 솔로몬은 무엇을 구하였을까요? 돈, 넓은 땅, 힘, 오래 사는 것 아니면 금반지, 컴퓨터, 롤러브레이드, 게임기…. 아니예요. 솔로몬은 바로 바로 '지혜'를 구하였어요. 그래서 우리는 솔로몬을 지혜의 왕이라고 부르지요. 많고 많은 것 중에 솔로몬은 왜 지혜를 구하셨을까요? 그것은 솔로몬 왕은 무엇보다도 하나님의 뜻을 잘 알기 원했어요. 하나님의 뜻을 잘 알아 하나님이 기뻐하시는 삶을 살기 원했던 것이지요. 천국은 하나님 뜻대로 살아가는 나라예요. 예수님은 우리의 길이며 진리이며 생명이 되세요. 곧 지혜를 구하였다는 것은 진리이신 예수님을 구한 것이에요. 천국의 주인은 예수님이시잖아요.

결론
여러분들이 찾고 구하는 것은 무엇인가요? 신나는 놀이터(롯데월드, 서울랜드, 자연농원 등)를 찾고 있나요? 맛있는 음식(피자, 햄버거 등)을 구하고 있나요? 컴퓨터, 오락기, 금, 돈, 인형 등 이 모든 것은 천국에 가지고 갈 수가 없어요. 하지만 솔로몬 왕처럼 하나님의 뜻을 아는 지혜를 구해 보세요. 가장 값진 것을 가진 어린이랍니다. 지혜를 구해서 하나님의 뜻대로 살아가는 착한 어린이들이 되시기를 바랍니다.